1등은 행복할까?

1등은 행복할까?

김세진
손슬아
지음

자음과모음

차례

프롤로그

안녕? 나는 시즐린이야. 진짜 이름은 김세진. 외국어 교육 콘텐츠를 만들고, SNS와 온라인을 통해 중국어와 영어를 가르치는 크리에이터로 활동하고 있어. 화면을 통해 만나는 사이여서 그런지 보통은 '샘'이나 '시즐린 샘' 혹은 친근하게 '언니' '누나'라고 불리는 편이야.

예전의 나는 앞선 사람들이 이미 닦아 놓은 탄탄하고 안정적인 길을 따라가서 부모님의 기대에 딱 맞는 사람이 되고 싶었어. 그래서 공부에 더 열심이었지. 아무리 세상이 변해도 내가 가야 할 길이 정해져 있다고 믿었거든.

틱톡에서 노래를 부르고 춤추면서 사람들에게 외국어를 알려 주는 지금의 내 모습은 상상도 못 할 일이었어.

초등학교 때부터 '모범생' '우등생'이라는 말을 듣는 게 익숙했어. 교탁 앞 맨 앞자리에 앉아서 선생님의 질문에 제일 먼저 답하는 학생이 내 역할이었어. 덕분에 나는 성적으로 매겨지는 교실 안의 피라미드 꼭대기에서 바라본 세상이 어떤지 아주 어릴 때부터 잘 알고 있었지.

어른들은 "얘는 참 똑똑하다." "이 아이는 뭐든 잘할 거다."라며 나를 믿어 줬어. 발표를 하면 다들 내가 하는 말에 집중했고, 누구보다 큰 박수를 받았지. 분명 기분 좋은 일이었고, 그 일이 내게는 학교생활을 하며 안전한 보호막이 되기도 했던 것 같아.

하지만 꼭대기에 서 있는 일이 항상 마음 편했던 것은 아니야. 등수가 떨어질까 늘 조마조마했고 긴장하고 불안한 순간이 더 많았어. 인정받는다는 건 다음에는 더 잘해야 한다는 약속과 마찬가지였으니까. 그래서일까? 숨 쉴 틈 없이 달리고 있다는 기분이 들었어.

그런 내가 어떻게 사람들 앞에서 중국어와 영어를 가

르치는 선생님이 되었을까? 그것도 '영상'과 '온라인'에서 말이야. 나 역시 이 질문을 스스로에게 여러 번 던졌어. 너희도 내가 어쩌다 사회가 말하는 성공에 닿을 수 있는 길을 가다가 멈추고, 전혀 다른 방향을 선택했는지 궁금하지 않니?

우여곡절이 많은 길을 따라가다 보니 어느 날 '슬아'를 알게 되었어. 우리는 한 온라인 글쓰기 모임에서 처음 만났는데, 중국어를 가르치는 선생님이라는 공통점이 있었지. 또래여서일까. 우리는 유독 서로의 글에 매료됐고, 그 덕에 내면 깊숙한 곳도 들여다볼 수 있게 됐어. 처음 만난 사이였지만 슬아는 이상하리만치 오래 알고 지낸 사람처럼 느껴졌어.

이후 온라인이 아닌 진짜 현실에서 만나게 되었지. 그때의 나는 슬아가 나와 비슷한 삶을 살아왔을 거라고 확신하고 있었어. 그런데 전혀 예상치 못한 이야기를 듣게 되었지.

"사실은 말이야……."

쌍꺼풀 짙은 눈을 반짝이며 자신의 이야기를 들려주는데, 그 눈에 담긴 시간은 내가 상상하던 것과는 전혀 달랐어. 슬아는 그 반짝임 사이로, 자신이 견뎌 낸 날들을 조용히 펼쳐 보여 줬어. 슬아의 이야기를 들으면서 잔잔하던 내 마음에 큰 파장이 일었어. 순간 이런 생각이 머리를 스쳐 지나갔지.

'아, 나는 아직도 너무 좁은 우물 안에 있었구나.'

세상은 1등과 꼴찌로 나뉜다고, 그게 당연하다고 믿으며 살아온 내가 부끄러웠어. 슬아는 자신의 인생 이야기를 차분히 나에게 전해 주면서 내 안에 깊이 박힌 공식을 꺼내 들고 그 위에 대문자 'X'를 그려 줬지. 조용하고도 분명하게.

이 친구, 참 궁금하지 않아? 내 친구 슬아를 소개할게!

*

안녕, 나는 슬아야. 중국어와 한문을 가르치는 교사이자, 인터넷 강의를 진행하는 강사로 전국의 학생들을 만나고 있어.

어때? 세진이의 이야기를 들어 보니 혹시 나도 어릴 때부터 공부를 잘하는 사람이었다는 생각이 들진 않니? 놀랍게도 나는 늘 꼴찌의 인생을 살았어. 심지어 수능에서는 9등급을 받기까지 했다니까. 성적표를 볼 때마다 '이 점수로 나는 뭘 할 수 있을까?'라는 생각이 머릿속에서 떠나지 않았어. 그런데 궁금하지 않니? 내가 어떻게 선생님이 되었는지 말이야.

중학생 때부터 생활 기록부의 장래 희망을 적는 칸에는 한결같이 '선생님'이라고 적고는 했어. 하지만 내 낮은 성적으로 선생님이 되고 싶다고 하는 말은 그저 웃음거리가 되었지. 우리 사회는 성적이 곧 그 사람의 가치인 것처럼 이야기해. 성적이 좋은 친구는 많은 인정을 받았지만, 성적이 낮은 친구는 가능성마저 늘 의심받게 되더라고. 그래도 나는 내 꿈을 쉽게 놓기 싫었어.

대학에 들어가고 난 뒤 우여곡절 끝에 교단에 서기로 결심한 순간, 나는 처음으로 내가 진짜 좋아하는 일을 하면서 살 수 있겠다는 희망을 가졌어.

　나는 계속해서 '중국어'라는 하나의 목표를 향해 꾸준히 달려갔어. 중국을 더 잘 알고, 중국어를 더 잘하고 싶다는 마음으로 여러 모임에도 참여하게 되었지. 그중 하나가 바로 세진이가 말한 온라인 글쓰기 모임이었어. 사람들의 글을 읽다가 유독 눈에 띄는 글 하나가 있었어. 바로 세진이의 글이었지.

　글을 읽고 나서 나도 이상하게 마음이 끌렸어. 알고 보니 세진이는 나와 나이는 같지만 살아온 환경도, 겪어 온 삶도, 세상을 바라보는 생각의 방향도 전부 달랐어. 그래서 더 궁금했는지도 몰라. 그렇게 우리는 조금씩 대화를 나누게 되었고, 자연스럽게 우정으로 이어졌지.

　각자의 이야기를 나누다 보니, 전혀 다른 삶을 살아온 우리가 한 문장 안에 함께 있어도 어색하지 않겠다는 생각이 들더라. 그렇게 각자의 이야기를 '우리'의 이야기로 엮어 보기로 했어.

　나는 사회가 정해 놓은 틀 안에서 살고자 애쓰던 사람이었고, 세진이는 그 틀의 바깥에서 자기만의 길을 묵묵히 만들어 가는 사람이었어. 누구보다 내면의 무게 중심이 단단한 사람이지. 혼자서 외로움을 견디고, 주변의 기대와 스스로의 삶 사이에서 흔들리더라도 끝까지 버티는 사람. 그런 세진이의 모습을 보며 나도 더 단단해지고 싶다고 생각했어. 나와는 또 다른 방식으로 삶을 풀어 나가는 멋진 동료이자 자극을 주는 친구거든.

'三人行必有我師(삼인행필유아사)'. 세 사람이 함께 길을 걸으면, 그중 반드시 나의 스승이 있다.

이 문장은 내가 정말 좋아하는 『논어』에 나오는 문장이야. 살다 보니 배움은 학교 안에서만 이루어지는 게 아니더라. 삶이라는 길 위에서, 사람과 사람 사이에서, 우리는 매일 새로운 것을 배울 수 있어.

나는 여전히 완벽한 사람이 아니야. 방향을 잃고 헤맬 때도 많아. 그래도 어제보다 나은 내가 되기 위해 오늘도 내 방식대로 '1등 성적표'를 만들어 가고 있어.

지금 이 글을 읽고 있는 너희도 혹시 나처럼 늘 기준 밖에 있다고 느껴도 괜찮아. 남들이 정한 기준 말고, 너희만의 기준을 하나씩 세워 가면 돼. 그 기준은 내가 좋아하는 것에서 출발하는 거야.

'1등'과 '꼴찌'로 불리던 우리는 지금 각자 교실 안과 바깥에서 너희와 이야기를 나누고 있어.

"정말, 성적이 인생의 전부일까?"

"그 숫자 하나로 우리의 가치를 다 설명할 수 있을까?"

이 질문 앞에서 우리는 각자의 길을 걸어오며 배운 것을 이야기해 보려 해.

이 책은 1등과 꼴찌였던 우리가 각자의 위치에서 선생님이 되기까지의 이야기야. 이 글을 읽는 너희가 지금 '내가 뭘 잘할 수 있을까?' 고민하고 있다면, 이 이야기가 조금이나마 도움이 되기를 바라.

1

1등과 꼴찌,
전쟁터였던 교실

일단 공부만 잘하면 돼!

내가 초등학교 1학년일 때, 학부모 참관 수업이 있었어. 그날 수업 주제는 '시계 읽기'였어. 그런데 나는 이미 시계를 볼 줄 알아서 수업이 시작되기 전부터 '저요! 저 시켜 주세요!' 하고 마음속으로 외쳤지.

교실 창문 너머로 부모님의 얼굴이 보였고, 나는 그 앞에서 꼭 잘 해내고 싶었어. 그래서 손을 번쩍 들고 앞으로 나가 칠판에 답을 쓰고, 선생님과 친구들에게 시계를 읽는 방법을 설명했어. 수업이 끝난 후 엄마가 내게 이렇게 말씀하셨어.

"우리 세진이 정말 멋지다. 학교생활도 이렇게 잘해 줘서 고마워."

그 말을 들은 순간 가슴이 벅차올랐어. 그날의 기억은 아주 오래도록 내 기억에 남았어. 맞벌이하는 엄마와 아빠는 늘 바쁘셨고, 나는 부모님이 조금이라도 덜 힘들었으면 좋겠다고 생각했어.

그래서 아침에 혼자 준비해서 학교에 가고, 방과 후엔 때맞춰 학원에 다녀오고, 집에 돌아와서는 조용히 숙제를 하고 동생과 함께 놀았어. 때로 외로웠지만, 이런 일이 특별하다고 생각한 적은 없었어. 그게 내가 할 수 있는 최선의 역할이라고 믿었거든.

엄마, 아빠에게 부담이 되지 않는 자식이 되기 위해 노력했어. 울거나 짜증 내지 않고, 혼자서도 척척 해내는 아이 말이야. 그래야 내가 사랑받을 수 있다고 생각했어. 어떻게 보면 공부를 하는 것도 그 일의 자연스러운 연장선이었지. 누구도 내게 시키지 않았는데, 잘해야만 했고 또 잘하고 싶었어.

시간이 지나 초등학교 5학년이 되었을 때야. 선생님이

큼직한 봉투를 안고 들어오셨어. 선생님께서 갖고 오신 종이를 나눠 주시더니 "아는 만큼만 풀어 봐요."라고 말씀하셨어. 자세히 보니 IQ 검사용 문제지였어. 도형을 이리저리 돌려서 맞는 그림을 고르다가, 아직 학교에서 배우지도 않은 사칙 연산 응용문제를 만났을 땐 당황스럽기도 했지만, 최대한 성실하게 문제를 풀었지.

시험 결과가 나오고 각자의 결과지를 두고 교실이 시끄러워졌어. 주변의 친구들도 서로에게 "너 몇 점 나왔어?" 하며 IQ를 비교하고 있었어. 나도 조심스럽게 내 결과지를 펼쳐 봤는데, 'IQ 128'이라는 숫자를 본 순간 기쁘면서도 묘하게 찜찜한 기분이 들었지.

뛰어난 천재는 아니라는 실망감보다는 그 아랫줄에 적힌 '직업 적성 1순위: 예체능'이라는 문장 때문이었어. 음악가, 화가, 운동선수와 같은 단어가 내 눈에 거슬렸어.

'나는 공부만 할 건데, 무슨 음악이고 미술이야.'

그렇게 결과지를 접어 책상 서랍 안에 넣고서 평소처럼 다시 수학 문제집을 폈어. 아무 일도 없었던 것처럼 말이야.

나는 영어를 참 좋아했고, 또 잘했어. 내가 뱃속에 있을 때부터 유치원 때까지 엄마는 영어로 된 동화책과 노래를 읽고 들려주며 나를 키우셨거든. 어린 나는 영어 테이프 소리에 맞춰 큰 소리로 따라 말하는 걸 좋아했어.

한번은 영어 수업 시간에 'really'를 또렷하게 발음했는데, 그 순간 반 아이 몇 명이 내 흉을 보며 웃었어. '리얼리~' 하고 내 발음을 따라 하며 놀리던 말투와 표정이 지금도 생생하게 떠올라.

그날 나는 아무 말도 하지 못했지만, 속으로 이를 꽉 물고 있었어. 나중에 누가 웃을지 두고 보자고 생각하면서 말이야. 내가 나를 증명하는 방법은 결국 더 잘하는 수밖에 없다고 믿었지. 아마 그때부터였을 거야. 누가 뭐라고 하지 않아도 나 스스로 자꾸 더 높은 기준을 세우기 시작한 게.

초등학교 6학년 때는 전교 회장 선거에 나갔어. 방송 연설 대본을 열 번도 넘게 고쳐 썼던 것 같아. 실수하지 않고, 친구들 앞에서 아주 멋지게 연설하고 싶었어. 그래서 내가 쓴 대본도 다 외워 버린 거 있지? 그렇게 열심히 준비한 끝에 나는 결국 전교 회장이 되었어. 사실 어떤 누군가는 "쟤는 참 욕심도 많아."라고 말하기도 했어. 그런 말이 내겐 무겁고 무섭게 들렸어. 그저 나에 대한 모든 평가가 내려지지 않으면 좋겠다 싶었지.

그럴 때마다 더 잘 해내면 된다고 믿었어. 공부를 더 열심히 하고, 사람들의 기대에 더 정확히 맞추고, 칭찬에 걸맞게 행동하면 뭔가가 더 나아질 것 같았지. 솔직히 친구들이 나를 더 이상 바라보지 못할 만큼 높이 올라가고 싶기도 했어.

하지만 그 마음은 숨겨 두고, 친구 관계에서 느꼈던 어색함이나 조롱 섞인 시선, 미묘한 거리감 같은 건 아무렇지 않은 듯 괜찮은 척하면서 지냈어. 이 모든 것을 하나씩 살펴보기에는 내가 감당해야 할 게 너무 많았거든.

그런데 그때의 나는 정말 괜찮았던 걸까?

눌러두고 다스렸다고 생각했던 그 마음, '그럴 수도 있지.' 하고 넘겼던 것 때문에 내 속마음을 드러내지 못했던 건 아닐까? 해내고 싶다는 생각에는 사실 부모님을 기쁘게 하고 싶었고, 친구들에게 놀림받고 싶지 않았고, 선생님이 칭찬해 주시길 바랐던 마음이 들어 있던 것 같아. 그래서 더 잘해야만 한다고 생각하기도 했지.

어른들의 관심과 친구들의 눈빛에 아무도 나를 모르는 곳으로 떠나고 싶다가도 누군가가 나를 바라봐 주기를 바라기도 했어. 누군가에게 잘 보이고 싶고, 인정받고 싶었던 것도 사실은 너무 자연스럽고 소중한 감정이었어. 그 말은 외롭다는 뜻이 아니라, 연결되고 싶었다는 뜻이었으니까. 지금의 내가 그때로 돌아갈 수 있다면, 괜찮은 척 마음을 누르지 않아도 괜찮다고 말해 줄 거야.

과장 한 스푼 더 보태서 '그래, 나 관심받고 싶은 사람이야!'라고 말해도 괜찮다고 토닥여 주고 싶어. 그 덕분에 나는 지금 누구보다 솔직하게 나를 표현하며 선한 영향력을 나눠 줄 수 있게 되었으니까.

그리고 마지막으로 너희에게 꼭 말해 주고 싶어. 사람들의 눈치와 획일화된 분위기에 주눅 들 필요 없어. 질투하거나 깎아내리던 사람들 사이에서 네가 했던 노력을 제대로 봐주는 사람이 없을 뿐이지. 그러니까 이제는 숨지 말자. 부끄러워하지 말고. "자, 애들아! 이제 나를 볼 차례야!"라고 말할 수 있을 만큼 당당해져 보는 거야.

나를 바꾼 칭찬과 관심

내가 초등학교 6학년 때 일이야. 그때 우리 반은 1학기와 비교해 2학기 성적이 오른 학생들은 담임 선생님과 함께 여행을 가기로 했어. 친구들 대부분은 성적이 올랐는데 나만 성적이 떨어져서 나를 제외한 모두가 여행을 떠났지.

성적이 오른 친구 중 한 명인 A는 나와 특히 친했던 친구였어. 부모님들도 서로 친해서 항상 학교도 같이 가고 주말에도 가족끼리 나들이를 갈 정도로 많은 시간을 같이 보냈어. A는 공부도 잘하고 뛰어난 외모에 친구들에게 늘 인기가 많았어. 반면 나는 그러지 못했지. 그때 처음으로 비교라는 감정을 느끼기 시작한 것 같아.

어느 순간부터 나는 무작정 A가 하는 행동을 따라 하기 시작했어. A가 귀를 뚫으면 나도 따라 뚫었고, A가 새 액세서리를 가져오면 나도 따라 샀지. A가 참여하는 동아리가 내게 전혀 흥미 없는 분야여도 무조건 따라갔어. A처럼 되고 싶었거든. 그렇게 타인의 선택이 무조건 정답이 되는 동안 내 주관은 점점 작아졌어. 스스로 생각하고 표현하는 게 어려워졌지.

어느 날, 학교 수업이 끝난 후 A가 한자 공부방에 다닌다는 걸 알게 되었어. 당시 나는 한자에 대해 전혀 알지 못했는데 왠지 궁금하더라고. 친구 따라 강남 가는 마음으로 나도 따라갔지.

공부방에 가니 친구들이 공책에 한자를 열 번씩 적고 있었어. 나는 멀뚱멀뚱 친구들을 바라보고 있는데 선생님이 내게도 공책를 건네주며 따라 적어 보라고 하셨어. 그래서 '하늘 천, 땅 지……' 하나씩 천천히 써 내려갔지.

그런데 그걸 보시던 선생님이 글씨를 참 잘 쓴다며 칭

찬해 주셨어. 그런 칭찬은 태어나서 처음 받아 봤어. 나도 누군가에게 인정받을 수 있다는 사실을 그때 처음 알게 된 거야. 성취감이 생기니까 더 잘하고 싶고 욕심도 커졌어. 그렇게 나는 한자에 푹 빠지게 됐어.

중학교에 올라가서도 머릿속은 온통 한자로 가득했어. 심지어 과학 수업 시간에도 교과서 밑에 한자 노트를 숨겨 두고 수업을 듣는 척하며 한자를 공부하기 바빴어. 하루에 삼백 개씩 한자를 외운 날도 있었어.

중학교 3학년이 되었을 땐 A보다 더 높은 급수인 한자 능력 검정 시험 2급을 따게 되었어. 자격증을 새롭게 취득할 때마다 '나도 뭔가 할 수 있구나!' 하는 자신감이 자라났어. 처음엔 나 자신을 경쟁자로 두고 무작정 따라한 것이지만, 지금 생각해 보면 그 경쟁이 나를 앞으로 나아가게 하는 동력이 되었던 것 같아.

그런데 중학교 3학년이 되도록 한자 공부에만 몰두하다 보니 자연스레 다른 과목에 소홀해졌고 학업 성적도 좋지 않았지. 그렇게 나는 기본적인 배경지식조차 부족한 상태로 고등학교에 입학하게 되었어.

입학한 지 삼 주쯤 지나 진행된 반장 선거에서 놀랍게도 내가 뽑히게 됐어. 처음 맡아 본 반장이라는 역할에 설렘도 있었지만 그만큼 부담도 컸어. 수업 시간에 선생님들이 꼭 반장에게 질문하셨거든. 당연히 나는 제대로 대답한 적이 거의 없었지.

기대에 못 미치니 반장으로서의 신뢰도도 떨어졌고, 첫 중간고사에서 국사 과목 30점을 받았을 땐 담임 선생님께 "내 과목인데 반장이 이 점수냐?"라는 말까지 들었어. 결국 두 달 만에 반장을 그만두게 됐지.

내가 학교를 다닐 땐 모든 학생이 반드시 야간 자율 학습에 참여해야 했어. 나는 그 시간에 한자 자격증을 준비하느라 계속 한자를 외우고 있었어. 내가 한자 공부하는 걸 알고 있는 친구가 대만 드라마를 보다가 화면에 나온 한자가 무슨 뜻인지 나에게 물어본 적이 있어. 친구가 보여 준 화면에서는 중국어 자막이 함께 나오고 있었는데, 완벽하게는 아니지만 자막이 이해되더라고. 그때 얼마나 심장이 두근거렸는지 몰라. 중국어로 인사 한마디 못 하던 내가 중국어 자막을 이해하는 게 너무 신기했거든. 그 순간을 계기로 대만 드라마에 관심이 생겼고, 자연스럽게 중국어 공부도 하게 되었어.

내가 처음 본 대만 드라마는 〈벽력MIT〉(2008)였어. 주연 배우 옌야룬에게 푹 빠졌지. 엄마가 사 준 전자사전에 드라마 영상을 넣고, 자습 시간에 선생님 몰래 보며 자막에 나오는 단어를 하나하나 받아 적어 외웠어. '옌야룬 매니저가 되는 게 내 꿈'이라며 막연한 목표를 세우기도 했지. 나중엔 저우제룬이 나왔던 영화 〈말할 수 없는 비밀〉(2007)을 보고 그가 부른 노래 가사를 통째로 외우기도 했어. 드라마나 영화를 보면서 모르는 단어가 생기면 전부 찾아보고, 발음을 따라 하며 연습했지.

'칭찬은 고래도 춤추게 한다.'는 말, 다들 들어 봤니? 칭찬을 싫어하는 사람이 있을까? 학창 시절의 나는 누구보다 칭찬에 목말라 있었어. 선생님의 한마디에 시작한 한자 공부가 내 인생을 바꿔 놓게 될 줄은 나조차 알지 못했지.

나처럼 우연히 시작한 무언가가 너희의 앞날을 짚어가
는 방향이 되어 줄 수도 있어. 그러니 지금은 사소하다고
생각되더라도 그 조그마한 흥미를 끝까지 파헤쳐 보길
바라.

세진

앞만 보고 달렸던 날들

"임명장, 김세진. 위 학생을 ○○으로 임명합니다."

나는 해마다 이름이 불리는 학생이었어. 단상에 올라서면 친구들의 얼굴이 시야에 들어오는데, 누구는 관심가득한 눈빛으로 나를 지켜봤고, 누구는 괜히 딴청을 피우며 시선을 피했어. 그 모습을 보면서 나는 어쩐지 조금고립된 기분도 느꼈어.

혹시 너희 반에도 항상 이름 불리는 친구가 있니? 선생님에게는 예쁨을 받고, 친구들에게는 부러움을 받는 동시에 묘한 거리감을 느끼게 하는 그런 친구 말이야. 나는늘 그런 존재였어.

처음에는 그런 내가 자랑스러웠지만, 해가 거듭될수록 어깨가 무거워졌어. 내가 한 번 올라선 자리에는 꼭 다음에도 당연히 올라서야 할 것 같은 압박감이 느껴졌어. 그 자리를 지키는 게 '나답다'고 여겨지는 분위기. 나는 무의식중에 그 기대에 맞춰 가고 있었던 거야.

중학교에 들어가고 나서는 공부가 더 중요해졌어. 처음 본 전국 단위 모의고사. 시험지를 받자마자 손끝이 살짝 떨렸던 게 아직도 생생해. 낯선 문제 유형에 순간 당황했지만 어떻게든 집중해서 풀었지.

며칠 뒤, 상위권에 든 내 이름을 성적표에서 봤을 때, 기쁘다기보다는 불안했어. 누군가가 나를 따라잡을까봐, 다음 시험은 더 어려울까 봐. 그리고 이번에 못하면 나를 인정해 주지 않을지도 모른다는 두려움이 나를 짓눌렀어.

매 시험이 끝나면 선생님은 학급 전체의 점수가 적힌 종이를 들고 교실로 들어오셨어. 이름, 성적, 서명란이 빼곡히 적힌 A4용지가 반을 한 바퀴 돌았지. 번호순으로 적힌 성적표였지만, 내가 상위권이라는 걸 친구들도 알고 있었기에 괜히 어색한 기류가 감돌았어. 종이를 넘기는 바스락거리는 소리만 들리는 교실에서 말하지 않아도 긴장감은 가득했어. 성적이 공개되는 날에는 괜히 말수가 더 줄었어. 나의 점수가 어떤 친구에겐 위로, 어떤 친구에겐 상처가 될지도 모른다는 생각이 머릿속을 떠나지 않았거든.

한번은 옆자리에 앉아 있던 친구가 내게 "좋겠다, 너." 이라고 말했어. 그 말속에 여러 감정이 담겨 있었어. 아무 생각 없이 던진 말 같았지만, 그 순간 입꼬리만 어색하게 올리며 웃었지. 시험을 잘 본 게 누군가에게는 불편한 일이 될 수 있다는 걸 그때 처음 느꼈어. 그날 이후로 누군가 점수를 물어보면 대답을 피하게 됐고, 칭찬을 들어도 진심으로 기뻐하지 못했어. 자랑처럼 들릴까 봐 조심했고, 때로는 아예 그 이야기를 피해 다녔지.

중학교 졸업을 앞두고 생활 기록부를 출력하던 날이었어. 담임 선생님이 웃으며 말씀하셨어. "상장이 너무 많아서 다른 친구들보다 종이가 두 장이나 더 있네. 세진이는 참 부지런했어."

독후감, 글짓기, 영어 말하기 대회, 모범상, 봉사상, 반장, 부반장, 회장. 그 종이에 내가 해낸 일이 줄줄이 적혀 있었지. 뿌듯했어. 그 많은 기록이 내 노력을 증명해 주는 것 같아서.

그런데 그 감정은 오래가지 않았어. '내가 열심히 해서 얻은 것들인데, 왜 나는 이렇게 피곤하지?'라는 질문이 마음 한구석에서 일었어. 그 종이 속에 진짜 나는 없다는 느낌. 좋아서 한 일도 있지만, 대부분은 그냥 그렇게 해야만 할 것 같아서 한 일이었거든.

고등학교에 들어간 뒤에는 대학교라는 더 높은 목표를 향해 앞만 보고 달렸어. 잠자는 시간을 줄이고, 좋아하던 음악이랑 그림도 접고, 친구들과의 수다 시간도 줄였지. 효율을 계산하고 손익을 따졌어. 누가 옆에 있는지도 잘 몰랐고, 내가 지금 어디쯤 와 있는지도 자주 잊곤 했어. 가끔 쉬어야 하는 이유조차 생각하지 못했지.

그렇게 쉼 없이 달리다 보니 어느 순간부터 익숙하던 길이 지루해졌어. 아무리 뛰어도 마음은 채워지지 않았고, 뭔가 놓치고 있는 기분이 들었어. 나는 '잘함'이라는 단어에는 익숙했지만, '좋아함'이나 '행복함'이라는 단어에는 어쩐지 어색한 아이가 된 거야.

어느 날 문득 이런 생각이 스쳤어. 나는 열심히 살아왔지만, 그 안에 '나'는 얼마나 있었을까? 그때 처음으로 진짜 나를 만나기 위해 한발 멈춰야 할지도 모르겠다는 생각을 했어. 아직 확신은 없었지만 그때부터 조금은 달라진 눈으로 내 삶을 바라보게 되었던 것 같아.

누구보다 멀리, 높이 가야만 괜찮은 사람이 되는 게 아니었어. 자기 자신을 제대로 바라볼 수 있을 때 비로소 단단한 사람이 될 수 있다는 걸 알게 됐지. 주어진 틀 안에서 열심히 달려가는 게 정답처럼 느껴졌지만, 그 길이 정말 나를 향한 길인지는 생각해 본 적이 없었거든. 그제야 비로소 어디로 가고 싶은지 돌아볼 수 있었던 거야.

누군가 정해 준 목적지가 아니라 내가 진짜 가고 싶은 방향은 어디일지 아직 완전히 알진 못하지만, 적어도 지금은 질문할 수 있게 됐어.

그래서 너희에게도 말해 주고 싶어. '어디로 가야 하지?'라는 생각이 들 때는, 다음 두 가지를 먼저 해 보면 어떨까?

우선 작고 사소한 시도를 하는 거야. 시도하다 보면 알게 될 거야. 어떤 건 재미있고, 어떤 건 지루하게 느껴진다는 걸. 그 감정이 바로 내 방향을 알려 주는 지도가 되어 줄 거야.

그리고 하루를 보내면서 떠오른 감정이나 생각을 짧게라도 기록해 보는 거야. 이건 누군가에게 보여 주기 위한 게 아니라, 오직 나만을 위한 기록이야. 예를 들면 '내가 좋아하는 것'을 매일 하나씩 적어 보기, '내가 하고 싶은 일' 리스트 만들어 보기 그리고 '왜 하고 싶은지'까지 이유를 붙여 보기.

이렇게 하나씩 쌓인 기록은 내가 무엇을 원했고, 어떤 순간에 마음이 움직였는지 나침반이 되어 너희를 이끌어 줄 거야. 누구도 대신 찾아 줄 수 없는, 너만의 나침반을 만들어 보자. 그걸 믿고 걸어가자. 그 길 끝에서 분명 '역시, 이 방향이 맞았어!' 하고 웃으면서 말할 수 있을 거야.

친구가 너무 미워요

슬아

초등학교 때 친한 친구 A와 B가 있었어. 학교 쉬는 시간마다 삼삼오오 모여 다녔고, 주말에도 함께 놀이터에서 놀고, 서로의 집에도 자주 놀러 갔지. 그런데 어느 순간부터 B가 나와 A가 더 친하다고 생각했나 봐.

"너희 둘만 뭐 했지?"

"나는 너희랑 함께 노는 느낌이 안 들어."

이렇게 말하며 서운함을 자주 표현했는데, 그런 이야기를 들을 때마다 마음이 불편하고 복잡했어. 그런데 어느 날, 내가 모르는 사이에 A와 B가 나만 빼고 남자애들이랑 따로 모여서 놀았다는 걸 알게 됐어. 처음에는 그럴 수도 있지, 하고 넘기려고 했는데 자꾸만 신경이 쓰이더라고.

　그 후 결정적인 사건이 일어났어. A가 우리 집에 놀러 왔던 날이었어. 같이 신나게 놀고 있을 때 집 전화가 울려서 받아 보니 B더라. 반갑게 인사를 하려는데, B는 인사도 하지 않고 곧장 A를 바꿔 달라는 거 있지. 순간 기분이 묘했지만 나는 A한테 전화기를 넘겨줬어.

　A는 거실에서 전화를 받았는데, 두 사람의 대화가 궁금했던 나는 거실 전화와 연결되어 있는 안방의 다른 수화기를 들었어. 물론 지금 생각하면 정말 유치한 행동이지만 그때는 꼭 들어야겠다는 생각이 컸거든.

　어쩌면 그때 전화를 받지 않는 편이 더 나았을까? 두 사람의 대화가 내게는 충격이었어. B가 A에게 저녁에 어떤 남자애의 집에 놀러 가자고 제안하더라고. 거기까지는 괜찮았어. 그런데 문제는 다음에 이어진 말이었지.

　"슬아한테는 말하지 말고 몰래 가자."

　나는 화가 나고 서러워서 바로 거실로 달려가서 A 손

에 들린 수화기를 낚아챈 후 B에게 따졌어.

"왜 나만 빼고 가? 왜 몰래 가자고 해?"

B는 당황한 듯 미안하다며 변명했지만, 이미 나는 마음의 상처를 입었던 거지. 그 뒤로 B와는 서서히 멀어졌어. 일부러 피한 건 아니었지만 나도 더는 B에게 마음을 열 수 없게 되더라.

그때는 친구와의 관계가 공부보다 훨씬 더 중요했어. 나와 친하게 지내던 친구가 어느 날 다른 친구와 더 많이 어울리는 모습을 보면 괜히 속상하고 질투가 나기도 하고 말이야. 그런데 직접 '슬아만 빼고.'라는 말을 들으니까 더 절망스럽더라고.

시간이 흘러 고등학교 3학년이 되었을 때, 같은 고등학교에 진학한 B와 같은 반이 되었어. 당연히 나는 반갑지 않았지. 다행히 친하게 지내는 다른 친구들이 있어서 크게 신경쓰지 않았지만 말이야.

그렇게 나는 한자 자격증을 취득하고, 성취감을 느끼면서 정말 열심히 공부하고 있었지. 그런데 어느 날 B가

갑자기 자기도 한자 공부를 독학으로 시작했다고 하는 거야. 그렇구나 하고 넘겼는데 며칠 뒤에 3급에 붙었다고 자랑하듯 말하더라고.

겉으로는 축하한다고 말했지만 속으로는 '왜 하필 한자야?' 싶은 마음이 들었어. 질투인지 불안인지, 그 감정이 뭔지도 잘 모르겠지만 괜히 나를 따라 하는 것 같은 느낌이 들더라고.

본격적으로 입시를 준비하면서도 B와의 갈등은 계속됐어. 어느 날에는 내가 한문학과에 가고 싶다고 말했더니 B가 한문은 비전이 없다, 누가 요즘 그걸 배우냐며 취업도 잘되지 않는 학과라고 무시하는 거야. 그것도 다른 친구들 앞에서 말이야. 내 꿈과 진심이 부정당하는 느낌이 들었지. 나는 울컥했지만 아무 말도 못 하고 고개만 끄덕였어.

입시 원서를 쓰면서 나는 중국어학과로 목표를 바꿨어. 그런데 말이야, B가 나랑 같은 학교에 지원했다는 사실을 알게 된 거야. 심지어 같은 학과에 말이야. 이 사실을 알았을 때 '왜 자꾸 나를 따라 하지?'라는 느낌을 받았어. 나보고 한문학과는 비전이 없고 취업이 안 된다고 하면서 갑자기 나를 따라 한문을 공부하다가 중국어까지 배우기 시작하니 더 시기와 질투의 마음이 생기더라고. 솔직히 B가 불합격하길 바랐어. 내 자리를 빼앗길까 봐 너무 두려웠거든.

지금은 B와 연락이 끊긴 지 오래되었지만, 돌이켜보면 내가 겪었던 친구 관계는 단순한 우정의 문제가 아니었어. 그 시기엔 친구와의 사소한 말 한마디, 나만 빠진 모임 하나에도 쉽게 상처받고 예민해졌지만, 그런 과정을 겪으며 오히려 내 안에서 단단함이 자라난 것 같아. 누가 뭐라고 하든 결국 내가 좋아하고 잘할 수 있는 걸 포기하지 않고 계속 붙들고 있었으니까.

나는 내 마음이 복잡하고 흔들릴 때마다 내가 진짜 가고 싶은 길이 어디인지 집중하려고 노력했어. 남이 나를 따라 한다는 마음이 들더라도, 결국 중요한 건 그 사람이 '무엇을 따라 했는가.'가 아니라 '어떻게 나만의 길을 계속 만들어 가느냐.'인 것 같아.

혹시 너희도 친구 관계에서 상처받았거나 주변 시선에 흔들리고 있다면 꼭 기억하길 바라. 너희의 진심과 열정을 가장 잘 아는 사람은 결국 너희 자신이라는 걸.

누군가와 비교하거나 따라가느라 나를 잃지 않았으면 좋겠어. 다른 사람보다 늦어도 괜찮고, 남들과 다른 길을 가도 괜찮아. 결국 중요한 건 방향을 잃지 않고 한 걸음씩 나아가는 거니까.

나를 작아지게 했던 말

나는 학교 수업이 끝나면 바로 학원에 가고, 밤 11시에 집에 도착하면 그날 배운 것을 복습했어. 바로 정리하지 않으면 불안했거든. 모두가 잠든 밤, 혼자 책상에 앉아 형광펜으로 중요한 문장을 줄 긋고 있는 시간이 나를 잠시라도 안심시켜 주는 유일한 시간처럼 느껴졌어. 공부는 내가 가진 방패이자 갑옷이었고, 때로는 외로움을 잊게 해 주는 유일한 언어였어.

친구들은 쉬는 시간마다 함께 웃고 떠들었지만 나는 선생님 수업 준비를 돕느라 늘 교무실에 있었어. 그날도 선생님이 칠판에 정리할 것을 부탁하셔서 또박또박 판서

하던 중이었는데, 문을 열고 들어오는 친구들의 목소리가 들려왔어.

"야, 너 어제 그 드라마 봤어? 와, 진짜 마지막 장면 미쳤지?"

나는 한 번도 본 적 없는 드라마였어. 그런데 누군가 내게도 어땠냐고 물었고, 나는 이렇게 반응할 뿐이었지.

"어, 나도 깜짝 놀랐어……."

맞장구를 치긴 했지만, 어쩐지 그 대화에 진짜 '나'는 없다는 느낌이 들었어. 친구들이 서로 눈빛을 주고받고 대사를 말하며 웃을 때, 나는 분위기에 어울리는 표정을 흉내 냈고 다음에 무슨 말이 나올지를 짐작하며 눈치를 봤어. 웃고 있어도 외로웠고 섞여 있어도 동떨어진 기분이 들었어. 마치 그 무리에서 나만 정답을 모른 채 문제를 풀고 있는 것 같았달까.

그럼에도 나는 그 순간조차 스스로를 타일렀어.

'괜찮아, 나는 공부가 더 중요하니까.'

친구들 틈에 끼지 못한 외로움보다 진도를 밀리지 않는 안도감이 더 익숙했어. 친구 관계나 취미 같은 것보다는 공부가 더 익숙했고, 나를 증명할 수 있는 일이라고 믿었으니까. 관계보다 성적이, 재미보다 결과가 더 중요하다고 스스로에게 말하며, 나는 조금씩 나를 가장자리로 밀어내고 있었던 거야.

또 한번은 점심시간에 친구가 "아 진짜, 이번 시험 완전 망했어. 나 진짜 인생 끝난 듯."이라고 말하며 풀이 죽어 있었어. 그때 나도 친구들에게 너무 힘들다고 털어놓고 싶었지. 밤마다 가슴이 두근거려서 잠도 못 자고, 시험이 끝나면 성적이 나오기 전까지 토할 것처럼 긴장하는 날들에 대해서 말이야. 예상보다 점수가 나오지 않았을 때의 낙심, 기대에 미치지 못했다는 자책, 부모님에게 차마 말하지 못하고 조용히 삼켜야 했던 부담 같은 것. 누군가에게 털어놓고 싶었던 날들이 참 많았는데 말이지.

그런데 내가 입을 열기 직전, 친구 눈에 잠깐 스친 그 표정이 나를 멈추게 했어. 마치 내게는 그런 걱정이 없을 거라는 눈빛을 보았거든. 동정도 이해도 아닌, 단정 지은 듯한 눈빛에 친구에게는 그저 너무 신경 쓰지 말라고 다음 시험 때 잘 보면 된다는 텅 빈 위로를 할 뿐이었지.

그렇게 나는 사람들과 대화하는 것을 점점 멈추고 말 없이 웃고만 있었지. 누군가는 그걸 여유라고 생각할 수도 있겠지만, 사실은 내가 버티고 있다는 신호였어. 그동안 나는 친구들과의 관계에서 한발 물러서게 되고, 쉬는 시간에도 눈치를 보게 되고, 지금 꺼내도 괜찮을지 말을 고르다가 끝내 입을 다물 때가 많았지. 무슨 말을 하든 오해를 사지 않게 조심해야 했거든.

이런 일도 있었어. 나랑 친했던 친구가 갑자기 내게 말하더라.

"근데 넌 너무 좀 부담스러워. 넌 항상 다 잘하잖아."

그 말을 듣고 나도 실수를 한다고 했지만, 그러는 순간에도 내가 잘난 척한 것처럼 보이지 않을지 속으로 걱정했지. 마음속 어딘가에 '나는 그런 사람 아니야!'라고 외치고 있어도 겉으로는 그저 쓴웃음을 지을 뿐이었어. 아무렇지 않은 척 웃었지만, 그 말이 꽤 오랫동안 가슴에 남아 있었지. 내가 누군가에게 부담스러운 존재일 수도 있다는 사실이 마음에 깊이 박혔어.

조금씩 나를 감추게 된 건 그때부터였을까? 실수해도 모른 척하고, 힘들어도 웃으며 넘기고, 잘하고 싶다는 마음마저 들키지 않으려 애썼어. 시험 전에는 일부러 "나 하나도 못 외웠어."라고 말했고, 좋은 성적이 나와도 "그냥 운이 좋았어."라고 덧붙였지. 아파도 괜찮다고 피곤해도 괜찮다고, 괜찮지 않은 날조차 '괜찮은 사람'처럼 행동했어. 사람들 눈에 내가 너무 완벽해 보이지 않도록, 그 기대에 스스로를 가두지 않도록 애써 균형을 맞췄지. 하지만 그 일은 생각보다 훨씬 외롭고 고단한 일이었어.

그렇게 나는 나답게 있는 법을 점점 잊어 갔고, 대신 부담스럽지 않은 사람으로 나를 조각내 숨겼어. 내 마음을 드러내기에는 나도 세상도 모두 예민하고, 내가 감당해야 할 시선이 너무 많다고 느꼈으니까.

하지만 아무리 감춰도 마음은 언젠가 흘러넘쳐. '나는 이런 말이 듣기 싫었어.' '나도 위로받고 싶었어.' '사실 나도, 그렇게 완벽한 사람이 아니야.' 그 말을 입 밖으로 꺼내지 못했던 건 누가 "그 정도면 됐지, 뭘 더 바라?" 하고 말할까 봐였어.

나는 차마 내 속마음을 꺼낼 용기가 없었어. 어쩌면 그런 말을 하는 순간, 내가 지금까지 열심히 했던 것마저 가볍게 보일까 봐 무서웠는지도 몰라. 그래서 그 대신 나 자신에게 그 말을 들려주기 시작했어.

"괜찮아, 너는 너답게 있어도 돼."

모두의 길은 다르고 각자의 앞날은 다르니까, 누군가를 미워하거나 비교하거나 질투할 필요는 없어. 우리는 모두 애쓰고 있다는 걸 서로 몰랐던 것뿐이니까. 그러니 눈치 보지 말고 그냥 그 자리에서 각자의 속도로, 각자의 마음으로 살아가면 되는 거야.

이 성적으로 뭘 할 수 있을까?

슬아

　내 인생에 절대 오지 않을 것만 같았던, 오지 않았으면 했던 고등학교 3학년이 결국 다가왔어. 고등학교에 가면 정해진 일정에 맞춰 전국 고등학생들이 모의고사를 치른다는 것을 알고 있니? 유월 모의고사를 치르고 나면 슬슬 목표 대학과 희망 학과를 정해야 하거든. 대부분은 하고 싶은 게 막연하거나 목표가 없어서 취업이 잘되는 학과를 선택하기도 하고 성적에 맞춰 대학을 정하기도 해.

　하지만 나는 누구보다 꿈이 확실했어. 내가 잘하고 좋아하는 한문과 중국어를 대학에서 공부하고 싶었거든. 문제는 그 당시 내 성적으로 원하는 대학에 갈 수 있을지 확신이 없었다는 거지.

야간 자율 학습 시간에 어김없이 중국어책을 펼쳐 공부하고 있었어. 그런데 담임 선생님이 내가 보고 있던 책을 빼앗아 가시는 거야. 그러고는 "중국어 공부는 대학가서 하고, 지금은 대학에 갈 수 있는 공부를 해라."라고 덧붙이셨어. 졸고 있던 친구들에게는 아무 말도 하지 않으면서 열심히 공부하고 있는 나에게 굳이 왜 그러는지 너무 원망스럽더라고. 야자 시간은 내가 유일하게 하고 싶은 공부를 할 수 있는 시간이었는데 그마저도 선생님 눈치를 보며 공부해야 하다니.

그런데 청개구리의 마음이었을까? 중국어를 못 하게 하니까 더 열심히 하고 싶더라고. 선생님에 대한 반항심과 오기가 생겼던 것 같아.

3학년 1학기 기말고사가 끝난 날, 친구들과 팔씨름을 하며 종례 시간을 기다리고 있었어. 성적이 좋든 안 좋든, 일단 시험이 끝났다는 해방감을 마음껏 느끼고 싶었거든. 그런데 담임 선생님이 성적표를 들고 들어오시더니,

갑자기 내 머리를 밀치며 "한심하다, 한심해!"라고 하시는 거야. 그 말을 친구들 앞에서 들었을 때, 공부를 못한다는 이유로 이런 대우를 받아야 한다는 게 너무나 분하고 속상했어. 내가 공부를 잘했다면 과연 나에게 그렇게 하셨을까?

기말고사가 끝나고 나면 대학 수시 지원을 위해 담임 선생님과 진학 상담을 하거든. 그런데 당시 담임 선생님은 성적이 높은 학생들만 따로 불러 상담을 하고 학업 성적이 낮은 학생들은 뒷전이었어. 그러다 보니 성적이 낮았던 나는 혼자 '이 성적으로 내가 뭘 할 수 있을까?' '과연 대학엔 갈 수 있을까?' 같은 생각을 수없이 반복하게 되더라고. 학교를 다니는 내내 성적이 곧 내 가치라는 걸 온몸으로 느꼈지.

어차피 담임 선생님의 도움을 받을 수 없으니 나는 내가 직접 학교에 있는 대입 자료와 입시 관련 정보를 하나하나 챙겨서 읽기 시작했어. 주말이면 컴퓨터를 켜고 각 대학 사이트에 들어가 모집 요강을 꼼꼼히 살펴보기 시작했어.

나는 농어촌 전형을 활용할 수 있는 지역에 살고 있었어. 농어촌 전형은 일반 전형보다 경쟁률이 낮아서 내가 도전해 볼 수 있겠더라고.

그래서 나는 지역에 있는 외국어 대학교에 지원했고, 고3 때 취득했던 한자 능력 검정 시험 1급 자격증으로 또 다른 대학교 한문학과에 특기자 전형으로 지원했어.

구월 모의고사 전후로 친구들의 수시 합격 소식이 하나둘씩 들려오기 시작해. 정시를 준비하겠다는 친구들, 재수를 준비하겠다는 친구들이 생기면서 괜히 마음이 뒤숭숭해지고, 평정심을 유지한 채 남은 수능 공부를 한다는 게 쉽지 않은 시기였어. 하지만 내가 지원한 학교는 수능까지 마무리한 뒤에 합격 발표가 났기 때문에 수능 공부를 포기할 수 없었어. 혹시나 모를 상황에 정시까지 대비해야 했거든.

그리고 2010년 십일월, 수능 날이 찾아왔어. 눈이 펑펑

내렸고, 시험장에 들어서니 '이게 내 학창 시절의 마지막 관문이겠구나.' 하는 생각이 들었지. 엄마는 새벽부터 수능 시험장에서 내가 먹을 도시락을 싸 주셨어. 김치찌개와 나물 반찬이 든 도시락은 엄마의 마음이 고스란히 담긴 응원이었어. 엄마를 생각하니 시험을 잘 보고 싶었지만, 문제를 풀면 풀수록 모르는 것투성이였고 집중도 잘 되지 않았어.

4교시 시험이 끝나고 대부분은 시험장을 떠났지만, 나는 제2외국어인 중국어 시험을 보기 위해 남았어. 독학으로 준비한 중국어 시험은 생각보다 훨씬 어려웠고, 답을 찾기보다는 알고 있는 한자를 눈으로 따라가는 것에 가까웠지. 결국 거의 다 찍다시피 마무리하며 내 인생 처음이자 마지막 수능이 끝났어.

한 달 후, 수능 성적표가 나오고 친구들은 등급을 확인하며 서로의 성적을 이야기하느라 바빴지만, 나는 멍하니 성적표만 들여다보고 있었어.

그중 한 과목은 9등급, 겨우 6점이었어. 이게 진짜 가능한 점수인지 싶을 정도로 충격이었지. 담임 선생님은 나를 교무실로 불러 "1등급보다 받기 어려운 게 9등급인데, 어떻게 그걸 받아 왔냐?"며 한숨을 쉬었어. 나 역시 초라한 성적표를 받아 들고 답답했는데, 선생님마저 핀잔을 주니까 더 암울하더라고.

수능을 마치고 혹시나 있을 수시 불합격에 대비해서 정시로 지원할 수 있는 대학을 찾아보기 시작했지만 수능 9등급으로는 지원이 가능한 학교를 찾는 것조차 쉽지 않았지. 담임 선생님은 현실적으로 지방 전문대도 어렵다며 지원할 곳이 없다고, 대체 뭐가 되려고 그러냐고 하셨지.

그럼에도 나는 포기하지 않았어. 내가 갈 수 있는 대학을 계속 찾으면서 매일 입학처 홈페이지를 뒤지고, 특기자 전형이나 추가 모집 정보를 하나하나 확인했지.

그러던 중, 한 통의 전화가 걸려 왔어. 내가 간절히 가고 싶어 했던 대학의 추가 합격 소식이었어. 그리고 며칠 뒤에는 또 다른 대학의 한문학과에도 특기자 전형으로 합격하게 되었어. 이 모든 건 내가 혼자 발로 뛰고 찾아보고 준비해서 얻은 결과였어. 나는 결국 내 힘으로 내 길을 만들었던 거야.

학창 시절 나에게 학교는 대부분의 시간을 시험과 점수로 평가받는 공간이었어. 수업 시간에는 자연스럽게 성적이 좋은 학생들에게 시선이 집중됐고, 선생님들의 관심도 점수를 기준으로 나뉘는 것처럼 느껴졌지. 나는 나름대로 열심히 했지만 성적은 늘 기대에 못 미쳤고, 그걸로 내 능력을 스스로 제한하게 되더라.

그런데 지나고 보니, 성적만으로 판단할 수 없는 역량이 있다는 걸 알게 됐어. 나는 그게 한자와 중국어였고, 그걸 통해 조금씩 나만의 길을 만들어 왔어.

누구에게나 잘하는 게 하나쯤은 있어. 그게 점수로 측정되지 않을 수도 있지만, 잘 살펴보면 너희에게도 분명히 있을 거야. 중요한 건 그걸 발견하려고 꾸준히 시도하는 일이야. 점수로 설명할 수 없는 가능성은 생각보다 많고, 그걸 실제로 증명하는 사람은 바로 너희 자신이라는 사실을 잊지 마!

왜 허전할까?

스스로 채찍질하던 마음이 쌓이고 쌓여 굳은살처럼 단단해졌던 걸까? 고등학교에 들어가서는 성적이나 친구들과의 관계에 쏟던 감정이 점점 무뎌지는 기분이 들었어. 아니, 어쩌면 너무 익숙해져서 그런지도 몰라.

나는 내 의지와 상관없이 성적순으로 정해지는 심화반에 들어갔어. 전교권 학생들만 사용할 수 있는 독서실에는 묘한 긴장감이 흘렀지. 누구도 시키지 않았지만 그 안에서 우리는 마치 자리 뺏기 게임이라도 하듯 살아갔어. 한 번 밀리면 도태될까 봐 조금만 쉬어도 불안해했지.

야간 자율 학습 시간, 샤프 소리만 가득한 교실에서 나도 숨소리도 내지 못한 채 문제를 풀었어. 그런데 문득 그 정적이 너무 답답하게 느껴지는 거야. '이게 내가 진짜 원한 길이었을까? 그냥 누군가 정해 준 길을 따라가고 있는 것은 아닐까?' 하는 생각도 들었지.

그런데도 나는 내 상황을 바꿀 수 없을 거라 생각했어. 삶은 이미 나의 의지와 무관하게 짜인 레일 같았고, 나는 기차처럼 그 위를 잘 달리는 법만 배웠으니까.

어른들이 시키는 대로 잘만 하면 원하는 대학교에 갈 수 있고, 그게 잘 사는 인생이라고 믿었어. 의심한 적조차 없었어. 열심히 했고 잘 해냈지만, 어느 순간부터 '공부 잘하는 세진이'가 나를 표현하는 전부가 되었던 거야.

그런데 문제는 내가 얻은 안정감은 틀 안에 있을 때만 가능한 거였어. 그 틀에서 살짝만 벗어나려 해도 이상하게 불안했거든. 잘못된 것도 없고 누구에게 미움받은 적도 없는데, 깨진 항아리에 물을 붓는 기분이 들었어. 아무리 채워도 꽉 찬 느낌은 들지 않았어.

누군가 나를 칭찬하고 들여다봐 줄 때만, 내가 존재하는 것 같았어. 혼자 있는 순간의 나는 내가 지금 느끼는 감정이 공허함인지 안정감인지조차 분간하지 못했지. 문득 그런 생각이 들었어. '공부는 잘했는데 정작 진심으로 즐기면서 살지는 못했구나.' 하고 말이야.

그때부터 나는 조금씩 옆을 둘러보기 시작했어. 여전히 내가 뭘 원하는지는 몰랐지만 말이야. 경주마처럼 앞만 보고 달리는 것이 세상의 전부는 아니라는 걸, 고등학교 3학년이 되어서야 비로소 알게 되었으니까.

지금의 너희는 정말 너희의 속도로 가고 있니? 우린 모두 속도가 달라. 누군가는 벌써 앞서가고, 누군가는 아직 출발선에 서 있기도 하지. 그런데도 우리는 늘 나보다 앞서가는 사람들의 속도에 맞추려 해. 그러다 보면 문득 드는 '왜 나만 이렇지?' 혹은 '왜 나만 느리지?' 하는 생각이 드는 건 너무 자연스러운 거야.

목적도 방향도 모른 채 그저 빨리 달리기만 하는 건 전혀 중요하지 않더라. 그럴 때는 이렇게 해 보면 어떨까? 잠깐 멈춰서 자신에게 물어보는 거야. '나는 지금 어디로 가고 있지?' '이 속도는 내 마음이 편안한 속도일까?'라고 말이야. '얼마나 빨리 가느냐보다 중요한 건 어떤 방향으로 가느냐이다.'라는 말을 많이 들어 봤을 거야.

하지만 그 말이 진짜 내 것이 되기 위해서는 내 마음을 살피는 연습이 필요해. 밥을 꼭꼭 씹어 먹듯, 하루를 천천히 음미하는 것도 괜찮아. 누군가의 박자에 억지로 맞추느라 나를 잃지 않도록 말이야. 지금 이 순간, 너희만의 리듬으로 살아갈 수 있다는 게 중요한 거니까.

그렇다면 진짜 '나만의 속도'는 어떻게 찾을 수 있을까? 거창한 계획이 아니라 아주 작은 시도에서 시작할 수 있어. 예를 들어 이런 건 어때?

하나, 나만의 시간표를 만들기.

학교 시간표 말고, 내가 좋아하는 일로만 구성한 시간표 말이야.

저녁 6시부터 6시 20분까지는 멍 때리기, 6시 30분부터는 내가 좋아하는 노래 듣기 그리고 자기 전에 오늘의 기분 한 줄 적기 같은 나만의 규칙을 직접 적어 보는 거야. 남들이 정한 틀 말고, 자신만의 리듬을 발견해 보자.

둘, 작은 도전 하나 해 보기.

남들과의 경쟁 말고, 너만의 도전을 정해 봐. 모르는 친구에게 먼저 인사하기, 학교 가는 길을 바꿔 보기, 오늘 하루만큼은 불평하지 않기 같은 작고 특별한 도전이 남들과는 다른 너만의 속도를 만들어 줄 거야.

너희의 속도는 남들이 정해 주는 게 아니라, 스스로 느끼고 실험하고 찾아가는 거야. 조금 느리거나 조금 다르게 가도 괜찮아. 위인전에서 볼 수 있는 위대한 인물들도 주위 사람들과 다른 속도로 자신만의 길을 찾아갔어.

너희도 조금 늦어도 잠시 멈췄다가 다시 시작해도, 너희만의 리듬과 걸음으로도 충분히 빛날 수 있어. 내가 지금 어떤 걸음으로 어디를 향해 가고 있는지 질문을 던지는 것부터 너희만의 속도 찾기가 시작될 수 있다는 걸 기억하길 바라.

2

대학만 가면
인생이 술술 풀릴 줄 알았지

중국으로 가야겠다

정원에 핀 꽃을 본 적 있니? 가지를 다듬고 물을 주는 손길 덕분에 제 모양을 갖춰 피는 꽃 말이야. 울타리 없이 자유로운 들판보다 걱정거리 없이 안전하게 정원 안에서 피는 꽃으로 사는 게 좋다고 말하는 사람도 있어. 그게 나쁘다는 말이 아니야. 나도 그렇게 살았는걸. 주어진 규칙 안에서 성과를 이루는 성취감에 만족하며 살았던 그 시절을 후회하진 않아.

그런데 어느 순간부터 내가 정원에 핀 꽃이 아니라 수족관 안에 갇힌 벨루가처럼 느껴졌어. 넓은 바다를 마음껏 유영해야 할 벨루가가 좁은 유리 벽 안에서 그저 맴돌며 웃는 표정을 반복하는 것처럼 갑갑했어.

수능을 앞두고 목표하던 대학교를 하나하나 들여다보는데 이상하게 마음이 움직이지 않는 거야. 내가 진짜 가고 싶은 학교가 없었거든. 그때 나는 중국어도 영어도 제법 잘했어. 사회 문제에도 관심이 많았고, 예술도 좋아했고, 글도 쓰고 싶었고, 여행도 하고 싶었고, 더 넓은 세상이 궁금했지.

그런데 이 모든 걸 다 할 수 있는 길은 없더라고. 어른들은 늘 말했지.

"넓게 생각하되, 하나를 골라 전문성을 쌓아야 해."

하지만 하나를 선택하는 순간 나머지는 전부 포기해야 할 것 같았어. 마치 하나의 서랍만 열리도록 설계된 책상 같았달까. 어느 서랍을 열든, 나머지는 모두 닫혀 버리는 거야.

어른들이 시키는 대로 열심히 공부했는데 정작 내가 진짜 원하는 건 얻을 수 없다니 얼마나 허탈했겠어? 성실했던 대가가 더 많은 선택지가 아니라, 무언가를 일찍 포기해야 하는 압박감으로 오다니. 그때 나는 처음으로 내

가 해 왔던 공부와 우리나라의 교육 시스템에 대해 배신
감을 느꼈어.

　본격적으로 중국어를 공부하기 전까지 중국이란 나라
와 나 사이의 특별한 인연은 없었어. 그럼에도 꼽자면 고
등학교 2학년 때 담임 선생님이 중국어를 가르치셨다는
것, 어릴 적부터 아버지가 여행사를 하셨고, 중국 여행 상
품을 자주 접해서 그런지 특별히 중국에 대해 낯설게 느
낀 적은 없었다는 정도야.

　중국이라는 나라에 이상하게 거리낌이 없었다는 게,
지금 생각하면 나로서도 조금은 특별했던 일 같아. 당시
만 해도 대부분의 친구는 유학이라고 하면 미국이나 영
국, 일본처럼 익숙하고 오래된 선택지를 먼저 떠올렸거
든. 중국에 대해서 정확히 알지 못하면서도 막연히 선입
견을 갖는 사람이 많았어. 어렴풋한 정보, 자극적인 이야
기, 확인되지 않은 소문이 그 나라를 판단하는 기준처럼
퍼져 있던 것도 사실이고.

　특히 여학생이 홀로 외국에 간다고 하면 부모님 입장

에서는 더 조심스럽게 받아들일 수밖에 없었던 시절이었
지. 그런데도 나는 이상하게 마음이 가벼웠어. 두렵지도
않고 낯설지도 않고, 오히려 하루빨리 중국에 가고 싶었
어. 딱히 이유를 댈 수는 없지만, 마음이 나를 향해 조금
씩 방향을 틀고 있는 게 분명히 느껴졌거든.

　그러던 어느 날, 학교에서 공자학원과 MOUMemorandum
of Understanding를 맺는다는 이야기가 나왔어. 공자학원은 중
국 정부가 중국어를 전 세계에 보급하고자 만든 기관이
야. MOU는 우리나라 말로 '양해 각서'를 의미해. 쉽게
말해서 두 기관이 서로 도와주자는 약속을 문서로 정리
한 거야. 중국 정부는 실력 있는 원어민 선생님을 보내고,
우리 학교는 그에 상응하는 우수한 학생을 중국으로 보
내겠다는 내용이었지.

　2008년 세계 금융 위기 이후 중국은 미국과 함께 세계
에서 가장 영향력 있는 두 나라 중 하나로 꼽히며 'G2Glob-
al 2'라는 별명을 얻었어. 세계 질서를 재편할지도 모른다
는 전망도 곳곳에서 쏟아지던 시기였어.

그리고 'GDP_{Gross Domestic Product}'라는 건 나라 전체가 일 년 동안 벌어들인 돈의 총합을 말하는 건데, 당시 중국은 그 수치가 매년 십 퍼센트 가까이 오르며 엄청난 성장세를 보였어. '세계의 공장'이라는 말이 현실인 시절이었지. 기업들은 앞다퉈 중국에 투자했고, 한류도 중화권에서 먼저 폭발했지.

그때는 앞으로 중국어를 할 줄 알고, 중국에서 일해야 한다는 말이 마치 생존 전략처럼 들렸어. 단순한 언어 교육이 아니라, 한 국가의 부상을 온몸으로 체감하는 분위기였달까?

그때 나는 막연히 생각했어. 지금이 아니면 늦을지도 모른다고. 아마도 역사 시간에 들었던 이야기가 나도 모르는 사이에 영향을 준 것 같아.

중국은 처음으로 세계를 제패했던 비非서구 문명이었잖아. 당나라 때는 실크로드를 통해 유럽과 교역했고, 송나라 때는 세계 최초의 지폐가 등장했지. 명나라 시절 환관 정화鄭和는 아프리카까지 항해했고, 청나라 때까지도 동아시아를 이끌었으니까. 그런 역사를 가만히 떠올리면, 내게 중국은 단순히 커져 가는 나라가 아니라 다시 돌아오는 제국처럼 느껴졌어.

그때 나는 학생회장이었어. 자습 중에 교장실로 오라는 호출을 받고, 아무것도 모른 채 조심스럽게 문을 열고 들어갔지. 교장 선생님은 내게 차분히 말씀하셨어.

"세진아, 너를 중국 유학의 첫 모범 사례로 보내고 싶구나."

교장 선생님께서는 나긋한 목소리로 앞으로는 중국어가 정말 중요해질 거라고, 너라면 분명 잘할 수 있을 거라며 내게 아주 크고 원대한 바람을 불어넣어 주셨지.

교실로 돌아와 담임 선생님과 내 수능 점수로 갈 수 있는 대학교를 하나하나 짚어 봤어. 누가 봐도 좋은 학교였고, 고등학교 삼 년 내내 내가 목표로 했던 선망의 대학들이었지.

하지만 이미 교장 선생님의 말씀을 들은 순간, 내 마음은 이미 다른 방향을 향하고 있었어. 중국이 나를 끌어당기고 있었어. 그렇게 나는 하나만 생각했지.

'중국으로 가야겠다.'

중국으로 가겠다는 결정을 내리기 전까지 나는 오랫동안 내가 좋아하는 게 무엇인지, 하고 싶은 일이 어떤 것인지 고민했어. 아주 긴 시간이었지.

완벽한 답을 빨리 찾지 않아도 괜찮아. 지금 당장 뭔가 확실하지 않아도 괜찮고, 머뭇거리는 시간이 좀 길어도 괜찮아. 이런저런 걸 해 보다 보면 마음이 조용히 반응하는 순간이 와. 책을 읽다가, 누군가의 이야기를 듣다가, 아주 우연히 스친 영화 장면 하나에도 나도 저런 삶을 살아 보고 싶다는 마음이 스며들 수도 있어.

처음에는 두려울 수 있지. 잘 모르는 걸 해 보는 것도, 실패하는 것도. 그렇지만 그 시간은 나에 대해 더 잘 알아갈 수 있는 시간이 되어 줄 거야. 그게 다 각자의 방향을 만들어 주는 조각이거든.

그리고 정말 중요한 건 스스로의 그 마음을 믿는 연습이 중요해. 예를 들어, 모두가 문과를 선택할 때 너희는 과학이 더 재미있다면 과학을 고를 수도 있고, 친구들은 다 대기업을 꿈꾸지만 너희는 작은 책방을 운영하고 싶다는 마음이 들 수도 있지. 남들은 별거 아니라고 해도 자꾸 마음이 머무는 무언가가 있다면 그게 바로 너희의 방향일 수 있어. 그런 감각을 애써 눌러 버리지 않고, 그냥 '왜인지 모르겠지만 좋아.'라고 인정하는 것부터 시작해 보자.

세상에는 너희가 갈 수 있는 길이 정말 많아. 하나만 정답일 리 없잖아. 그러니까 너무 조급해하지 말고, 움츠러들지도 말고, 너희 마음이 움직이는 쪽으로 한 걸음씩 가 보는 거야. 지금 너희가 하고 있는 고민도 언젠가 '그때 그런 고민이 있었기 때문에 지금의 내가 있구나!' 하고 생각하게 날이 올 테니까.

훨씬 더 넓은 세계가 있다

슬아

드디어 꿈에 그리던 대학교에 입학했어. 원하던 학교에서 내가 좋아하는 공부만 마음껏 할 수 있다는 생각에 들뜬 기분으로 하루하루를 보냈어. 매일 아침 등교할 때마다 설레고, 강의실 하나하나 다 신기했어. 그렇게 가기 싫던 학교가 대학생이 되자 내게 매일 가고 싶은 놀이터처럼 변했어.

무엇보다 중국어 공부를 더 깊이 있게 해 보고 싶었어. 그냥 시험을 위한 공부가 아니라, 실제로 말하고 쓰고 들으면서 살아 있는 언어를 느끼고 싶었거든. 중국어를 더 잘하고 싶었고, 언젠가는 중국인과도 자유롭게 대화하고 싶다는 욕심이 점점 커졌어.

    그런데 막상 중국어 말하기를 늘리고 싶다고 해도 주변에 함께 대화를 나눌 중국인 친구가 거의 없었어. 언어는 결국 주고받는 '대화'로 느는 건데, 그 기회가 부족한 게 아쉽더라고.

    그래서 내가 선택한 방법이 바로 'QQ'라는 중국 메신저 앱을 활용하는 거였어. 이 앱은 모르는 사람과도 쉽게 친구를 맺고 대화를 나눌 수 있거든. 내가 낯선 중국인에게 대화를 걸면 다양한 반응이 돌아오니 중국어 공부를 하는 게 정말 재미있었어.

    집에서 학교까지 왕복 네 시간이 걸리는 먼 거리였지만, 그 시간 동안 계속 메시지를 주고받다 보니 금세 학교에 도착하고는 했어. 중국어로 문장 만드는 것도 익숙해졌지.

    집에 도착해서는 중국인과 한두 시간씩 통화하기도 했어. 중국인처럼 유창하게 말하고 싶었거든. 그래서 내 발음이 정확한지, 어느 부분이 어색한지 계속 물어보고, 내가 하는 말을 녹음해서 다시 들으며 연습했어.

대학교에 다니면 수업 시간표를 스스로 짤 수 있어서 중간중간 강의가 없는 시간이 생기곤 해. 나는 그 시간을 그냥 흘려보내는 게 아까워서 빈 시간이 생기면 교수님 연구실을 제집 드나들 듯했지. 특히 중국인 교수님 사무실에는 중국의 국영 방송사인 CCTV가 나오는 TV가 있었는데, 그때만 해도 중국 방송을 접할 수 있는 기회가 흔치 않았어. 그래서 나는 거의 매일 CCTV를 보기 위해 교수님 연구실을 찾았어. 뉴스를 보면서 중국어 발음을 익히고, 토크 쇼나 드라마를 통해 일상 표현을 배우는 게 재미있더라고.

그렇게 교수님 연구실에 자주 드나들다 보니 자연스럽게 교수님들과도 가까워졌고, 그걸 계기로 선후배들과도 친해졌어. 그러던 어느 날, 한 교수님께서 내게 중국어 스터디 그룹을 함께 운영해 보자고 제안하시는 거야. 아직 누군가를 가르쳐 본 경험은 없었지만, 흥미가 생겼고 도전해 보고 싶었어.

물론 처음에는 쉽지 않았지. 내가 아는 걸 다른 사람에게 설명하는 일은 생각보다 훨씬 어려운 일이었어. 중국어의 기초 개념조차도 막상 말로 설명하려고 하면 입이 떨어지지 않았어. 나에게는 정말 쉬운 개념이지만, 듣는 사람 입장에서는 처음 듣는 이야기일 수 있다고 생각하니 '어떻게 하면 더 쉽게 이해시킬 수 있을까?' '무슨 예시를 들면 좋을까?' 고민이 많을 수밖에 없었지.

그래서 나는 집에 돌아가면 중국어 교육 관련 유튜브 영상이나 선생님들의 강의를 찾아서 설명하는 방식 자체를 배우기 시작했어. 어떤 표현을 쓰면 듣는 사람이 더 잘 이해하는지, 어떤 순서로 설명하면 더 자연스러운지 집중하면서 공부했지. 내가 가르치는 내용과 비교해 보며 설명하는 연습을 혼자 하기도 했고, 때로는 내가 말하는 것을 녹음해서 다시 들으며 부족한 부분을 찾기도 했어.

그렇게 반복하면서 점점 자신감이 생기기 시작했어. 처음에는 고개만 끄덕이던 친구들이 어느 순간부터는 "아, 이제 알겠다!" 하고 말할 때 느꼈던 뿌듯함은 아직도 잊지 못해. 그 경험이 지금 내가 지금 강단에 서 있을 수 있는 출발점이었던 것 같아.

무엇보다 '나도 누군가에게 도움이 될 수 있구나.' 하는 감정이 참 소중했어. 그건 이전에는 한 번도 느껴본 적 없는 성취감이었지. 그때부터 내가 좋아하는 걸 남과 나누는 일이 얼마나 의미 있는지 조금씩 깨닫기 시작했어.

그리고 대학교에 다니면서 중국어로 할 수 있는 활동은 빠짐없이 참여하려고 했어. 그중 하나가 바로 '태극권 동아리'였어. 태극권은 중국의 전통 무술 중 하나인데, 평소 책이나 영상으로만 보던 걸 직접 경험해 보고 싶더라고. 그래서 망설임 없이 동아리에 들어갔지. 특히 기억에 남는 건 교수님과 함께 수련회에 참가했던 일이야. 1박 2일 동안 전통 복장을 입고, 야외에서 밤낮없이 수련하면서 태극권의 기본 동작부터 호흡법까지 직접 몸으로 익혔어. 단순히 무술을 배우는 시간이 아니라, 중국 사람들의 삶과 정신이 담긴 문화를 몸으로 이해하는 기회였지.

이 경험을 통해 나는 '언어를 배운다는 건 단지 말을 외우는 게 아니라, 그 나라의 삶을 이해하는 과정이구나.'

하고 느꼈어. 교과서에선 절대 알 수 없는 것을 몸으로 배운 거지. 낯선 경험이었지만 그 덕분에 중국이라는 나라를 더 잘 이해할 수 있게 되었거든.

학교 밖에서도 다양한 활동에 참여하려고 노력했어. 내가 처음으로 참여한 대외 활동은 인터넷 뉴스 사이트인 '인민망人民网'에서 중국 뉴스를 한국어로 번역해 중국의 정세를 우리나라에 알리는 일이었어. 이 활동 덕분에 자연스럽게 중국의 정치와 경제에 대해 공부할 수 있었지. 또 우리말로 자연스럽게 표현하려다 보니 오히려 한국어 어휘력의 중요성도 깨달았어.

가장 기억에 남는 활동은 '해피무브' 해외 봉사였어. 중국어 실력을 높이고 실제로 중국에도 갈 수 있는 기회였거든. 한국인과 중국인 대학생이 팀을 이뤄 상하이 교외 지역에서 9박 10일 동안 집을 짓는 대학생 교류 봉사 프로그램이었어.

이 활동은 무려 50 대 1의 경쟁률을 자랑할 만큼 치열했어. 며칠 동안 고민하며 지원서를 작성했고 먼저 다녀

온 선배들에게 연락해 수차례 첨삭받기도 했지. 나는 운 좋게 1차 서류 전형에 합격하게 됐고, 면접을 보기 위해 생애 처음으로 서울행 기차에 몸을 실었어.

면접장 분위기는 정말 인상 깊었어. 한복을 입고 장구 치는 사람, 무술 시범을 보이는 사람, 스케치북에 자신의 다짐과 열정을 써서 발표하는 사람까지! 면접 현장 자체가 마치 작은 축제 같더라. 그날은 그때까지 내가 경험했던 세계보다 훨씬 더 넓은 세상이 존재한다는 걸 깨닫게 된 시간이었어.

그렇다면 나는 어떻게 면접을 봤냐고? 중국어로 자기소개를 시작했어. 중국어 소통에 강점이 있다는 걸 보여 주고 싶었거든. 또 학교에서 참여했던 대외 활동, 태극권 동아리 경험을 통해 중국 문화를 잘 이해하고 있다는 점도 어필했어. 그런데 한 면접관이 갑자기 낫과 도끼를 중국어로 뭐라고 하는지 아냐고 묻는 거야. 순간 머릿속이 하얘졌지. 일상에서 잘 쓰지 않는 단어라 외운 적이 없었거든. 나는 솔직하게 말했어.

"지금은 정확히 알지 못하지만, 출국 전까지 반드시 익혀서 의사소통에 문제없도록 준비하겠습니다."

그 진심이 통한 걸까? 나는 최종 합격했고, 그렇게 처음으로 중국 땅을 밟을 수 있는 기회를 얻게 되었어.

드디어 상하이 푸둥 국제공항에 도착했어. 모든 게 낯설고 신기했어. 공항을 둘러보니 간판마다 한자가 가득했고, 지나다니는 사람들은 모두 중국어로 이야기하고 있었지. 그제야 '아, 진짜 중국에 왔구나.' 하고 실감 났어.

봉사 활동을 하게 된 곳은 상하이 외곽의 시골 마을이었어. 나는 버스를 타고 이동하면서 창밖에 보이는 한자를 하나라도 더 읽으려고 애썼어. 마을에 도착하니 이미 중국 대학생들이 도착해 있었고, 처음 만난 우리는 서로를 신기하게, 또 어색하게 바라봤어. 지금도 어색했던 그때의 분위기가 또렷하게 기억나.

숙소는 한국인 한 명과 중국인 한 명이 함께 쓰는 구조였는데, 다행히 나는 중국어를 할 줄 알아서 내 룸메이트가 무척 안심하더라고. 나중에 들으니 자신이 한국어를 전혀 못해서 걱정이 많았대.

9박 10일간의 해외 봉사가 끝나고 나는 더 이상 책에만 의존해 중국어 공부를 하지 않게 되었어. 낯선 공간에서 모르는 사람과 함께 부딪치고 웃고 대화하면서 배우는 언어는 훨씬 더 생생하게 남는다는 것을 깨달았거든. 모국어가 아닌 언어는 사람과 마음을 연결하는 도구가 되기도 한다는 걸 처음으로 느낀 경험이었어.

9박 10일 동안 나는 단순히 봉사만 한 게 아니라 내 안에 있던 가능성을 하나씩 꺼내어 확인한 시간이었다고 생각해. 낯선 땅에서도 누군가에게 도움이 될 수 있다는 것, 그리고 그 과정이 나를 얼마나 단단하게 만들어 주는지를 깨달았으니까.

아마 이 글을 읽는 너희도 어쩌면 낯선 미래를 앞두고 두려움을 느끼고 있을지도 몰라. 나도 그랬거든. 하지만 걱정 마. 누구에게나 처음은 낯설고 서투르지만, 그 안에서 너희가 좋아하고 잘하는 걸 하나씩 발견해 가다 보면 어느새 너희만의 이야기가 시작될 거야. 나처럼 말이야.

'점수'가 아닌 '나'로 사는 법

세진

베이징 수도 국제공항에 내리자마자 느껴진 묘한 공기, 간판에 가득한 한자, 거센 억양의 말투까지 전부 신기하고 재밌었어! 분명 중국에 왔는데, '세계'에 온 것처럼 느껴졌지. 한 식당에선 닭고기를 코코넛카레에 말아 먹고, 또 다른 식당에선 향신료 범벅의 국수를 먹을 수 있었지. 모두가 잠에 들 무렵인 밤 열 시가 되어서야 손님을 받기 시작하는 가게도 있었고. 모두가 같은 땅 위에서 전혀 다른 방식으로 하루를 살아가고 있었어.

무엇보다 한국에서 어른들과 친구들이 걱정하던 중국은 대체 어디 있는지! 내가 본 중국은 한국보다 몇 발 앞서 보였어. 예를 들어 한국의 카카오톡과 같은 중국의 '위챗'이라는 앱을 사용한 큐알 코드 결제라든지, 알리익스프레스와 같은 이 커머스 시장의 시작이라든지, 서빙 로봇이나 공유 자전거도 몇 년 미리 접해 볼 수 있었거든.

중국까지 왔는데 한국 친구하고만 어울리는 건 나랑 맞지 않는다고 생각했어. 이 나라에, 이 문화 안에 나를 밀어 넣고 싶었나 봐. 가방 하나 들고 처음 학교 기숙사 대문을 열던 날, 복도에서는 생전 처음 들어 보는 언어가 튀어나왔어. 내가 있었던 기숙사는 다양한 국적의 친구들이 머무는 국제 학생 동이었어.

말레이시아에서 온 룸메이트는 나에게 영어로 말을 걸고, 옆방의 우즈베키스탄 친구는 러시아어에 가까운 억양으로 "안녕?" 하며 손을 흔들었지. 우리는 말도 식습관도 생활 리듬도 달랐지만, 같은 노래를 들으며 웃고 같은 날씨에 투덜대면서 조금씩 가까워졌지.

캠퍼스가 너무 커서 수업을 들으러 가려면 하루에도 몇 번씩 먼 거리를 이동해야 했어. 다들 자전거를 타거나

'자토'라 불리는 전기 오토바이를 탔는데, 걷는 데 지친 나도 결국 자토를 한 대 장만했어. 오토바이는 평생 타지 않을 거라고 생각했던 내가 자토를 타고 캠퍼스를 달리는 모습을 상상하면 웃음부터 나오더라. 그래도 생각해 보면 이런 변화가 나를 점점 더 자유롭게 만든 것 같아.

나는 중국어와 영어를 동시에 공부할 수 있는 '중영쌍어'를 전공했어. 수업은 처음에는 영어 발표 수업이었다가 다음 시간에는 중국어로 루쉰의 문학을 읽는 식이었지. 아, '루쉰'은 중국의 현실을 날카롭게 비판한 중국 작가로, 당대의 청년들에게 "깨어 있으라!"고 외쳤던 사람이야. 중국 현대사에서 빼놓을 수 없는 루쉰의 작품을 중국에서 공부하다니, 기분이 이상했어.

수업 시간마다 영어와 중국어로 뇌를 바꿔 끼우는 기분이었지만, 두 언어를 오가며 공부하는 내 모습이 스스로 기특했고, 꽤 멋있어 보이기도 했어. 남들보다 더 어려운 과정이었지만, 그만큼 내 실력이 더 높아지는 느낌이었거든. 언어로 이루어진 세상에 살고 있다는 게 실감 났고, 내가 줄곧 찾아 헤매던 유토피아 같았어.

수업이 없는 날이면 근처 서점에 가서 표지가 예쁜 중국책을 몇 권씩 골라 오고는 했어. 사실 제대로 읽지도 못했지만, 한 글자씩 더듬어 가며 이해하는 과정이 참 좋았던 것 같아. 책상 옆에 책이 하나둘 쌓일수록 내가 이곳에 정착하고 있다는 실감이 들었어.

수업 중에 질문도 많이 하고, 발표도 열심히 하려 했어. 과제도 빼먹지 않았지. "이 학생은 태도가 좋다." "중국어도 유창하다."라며 교수님들의 칭찬도 많이 받았어. 누군가에게 인정을 바라지는 아니었지만, 그렇게 스스로 길을 찾아가며 자리를 만들어 가는 과정이 꽤 짜릿했어.

중국에 있으면서 깨달은 점은 세상에 쓸모없는 경험은 하나도 없다는 거였어. 언어를 익히고, 대학에 다니면서 일정을 소화하고, 자료를 성실히 조사하는 데 필요했던 그 모든 성실한 나의 태도는 한국에서 배운 삶의 방식이었어. 성실하다는 건 세계 어디에서도 통하는 신뢰의 언어였지. "어떻게 그렇게 준비 잘해 오니?" "넌 말이 참 분명하구나." 같은 말을 들을 때마다 내 방식이 새로운 자리에서 빛나고 있다는 걸 느꼈어.

틀을 벗어났기 때문에 배운 것도 있었지만, 틀 안에서 내가 쌓아 온 것도 전혀 헛되지 않았던 거야. 내가 스스로 책임지고 살아가는 법을 배운 시간이었다는 걸 알게 되었지.

그제야 알게 되었어. 틀 안에서 자란 내 모습도, 틀 밖으로 걸어 나온 내 모습도 모두 '나'라는 걸. 답답했지만 묵묵히 견뎠던 그 시절의 성실함이 있었기에 새로운 세상을 이해할 수 있었고, 새로운 세상을 마주했기에 더 이상 하나의 정답만 찾지 않게 되었어.

중국에서의 생활은 내가 스스로 판단하고, 선택하고, 결정하고, 결과까지 책임져야 했어. 그런데도 나는 전혀 두렵지 않았고 오히려 하루하루가 참 즐겁고 신났어. 새로운 세상에 스며들면서도 나를 잃지 않았고, 그 안에서 더 단단해졌다는 걸 느꼈을 때 얼마나 뿌듯하던지.

그리고 그때 알게 됐어. 점수는 나를 설명하는 기준 중 하나일 뿐, 전부가 아니라는 걸. 우리는 늘 점수를 잘 받아야 더 나은 삶을 살 수 있을 거라고 배워 왔지만, 정작 그 점수가 나를 얼마나 행복하게 만들어 주었는지는 묻지 않았던 것 같아. 열심히 하는 것과 행복하게 사는 것은 꼭 같은 방향이 아닐 수도 있어. 그러니까 그 기준 하나로 나를 줄 세우려고 하면 결국 놓치게 되는 게 훨씬 많아질 수밖에 없지.

어떤 기준도 '나'를 전부 설명하지는 못해. 그리고 정답을 얼마나 많이 맞히는지가 아니라, 그 삶을 내가 어떻게 살아 내고 있는지 되돌아보자.

누군가의 기준이 아니라, 너희만의 기준은 무엇인지 생각해 봐. 점수나 등수가 아닌, 누가 정해 준 길이 아닌, 너희 마음이 반응하는 순간을 놓치지 않았으면 해. 언제 가장 나답다고 느끼는지, 무엇을 할 때 시간이 순식간에 지나가는지, 어떤 순간에 '이게 진짜 내 삶 같아!' 하는 느낌이 드는지 말이야.

나의 첫 유학 분투기

슬아

중국은 구월에 새 학기를 시작해. 삼월에 시작하는 한
국과는 다르지? 가까운 나라인데도 교육 과정이 다르다
는 게 참 신기하더라고. 그래서 나는 학기 시작에 맞춰 팔
월 중순에 출국하게 되었어. 해외 봉사 일정을 마친 지 한
달쯤 지난 뒤였지.

사실 봉사 활동을 떠나기 전부터 교환 학생 면접에 참
여했어. 내가 다녔던 학교는 다양한 국가로 교환 학생을
보냈는데, 중국에 가고 싶었던 나는 베이징, 따리엔, 하얼
빈 중 한 곳을 선택해야 했어.

처음에는 수도인 베이징을 가장 먼저 떠올렸지만 이곳

저곳 알아보다가 중국 아나운서를 가장 많이 배출한 도시가 하얼빈이라는 것을 알게 되었어. 나는 정확한 발음과 표준 중국어를 배우고 싶었기 때문에 망설임 없이 하얼빈을 선택했어. 면접에서 왜 하얼빈을 선택했느냐는 질문을 받았을 때, 가장 정확한 발음을 배우기 위해 하얼빈으로 가고 싶다고 포부를 밝히며 아나운서 사례를 들기도 했어.

이미 중국을 다녀온 경험이 있어서 도시의 풍경 자체는 낯설지 않았지만, 하얼빈의 추위는 정말 쉽지 않았어. 시월이면 눈이 내리고, 십이월엔 영하 삼십 도까지 떨어지는 말 그대로 혹한이 기다리고 있었거든. 지금도 '하얼빈'이라는 단어만 들으면 살이 찢어질 것 같은 추위가 가장 먼저 떠올라.

하얼빈에 도착하고 개강 전까지는 일주일 정도 여유가 있었어. 그동안 학교와 주변 시설을 구경했는데 학교가 너무 커서 두 시간을 넘게 걸어도 절반도 채 구경하지 못했어. 그때 중국은 학교도 스케일이 남다르다는 걸 실감

했지.

　도서관에 가 보니 방학 중임에도 학생들이 자리를 꽉 메우고 공부를 하고 있었어. 중국도 한국 못지않게 경쟁이 치열하다는 걸 눈으로 직접 보니까, 괜히 나도 자극을 받게 되더라고. 자연스럽게 공부에 다시 열정이 붙기 시작했어.

　그렇게 약 일주일이 지나고, 개강 하루 전날에 중국어 레벨 테스트를 보게 됐어. 중국어 실력에 따라 반을 나누는 건데, 나는 가장 높은 반에 배정되었어. 일 년 동안 학교를 다녀야 했기 때문에 첫 학기는 한 단계 낮은 반에서 시작하기로 했지.

　우리 반에는 라오스, 미국, 일본, 러시아 등 다양한 나라에서 온 친구들이 있었어. 유학을 통해 다양한 국적의 친구들과 중국어로 소통하는 경험을 하게 된 거야.

　특히 기억에 남는 친구는 미국인이었어. 성조가 있는 중국어를 영어처럼 발음하고는 했는데, 태도가 정말 인상적이었어. 항상 적극적으로 수업에 참여했고, 틀리는 걸 전혀 두려워하지 않더라고. 그 모습을 보면서 나도 생각이 바뀌었어. 완벽하게 말하려고 주저하기보다는 틀리더라도 하고 싶은 말을 최대한 해 보자고 마음먹었지.

그때부터 기숙사로 돌아와 본격적으로 중국어 공부를 시작했어. 한자는 잘 알았지만, 그걸 중국어로 어떻게 발음해야 하는지는 몰라서 말문이 막히는 순간이 많았거든. 예를 들어 중국인 친구와 대화를 하다가 어떤 단어가 무슨 뜻인지 모르면, 한자로 써 달라고 했어. 그러면 신기하게도 한자를 보는 순간 단번에 무슨 뜻인지 이해가 되더라고. 같이 유학을 간 친구들은 내가 한자를 잘 안다는 것만으로도 부러워했지만, 나는 오히려 중국어 듣기와 말하기가 어렵고, 눈으로 글자를 봐야 이해할 수 있다는 점이 늘 아쉬웠어.

그래서 그때부터 중국 뉴스를 보면서 아나운서의 발음을 수없이 따라 했고, 매일 중국어로 일기를 써서 담임 선생님께 첨삭을 부탁했어. 중국어 문법서는 다 외울 때까지 반복해서 읽었고, 그래도 이해되지 않는 부분은 관련 논문까지 찾아보며 공부했지.

그리고 이건 나만의 외국어 공부법인데 너희에게만 살짝 알려 줄게. 중국어를 잘하고 싶어서 중국 드라마를 열심히 본다고 해 보자. 그런데 한국어 자막을 켜 놓고 그냥 바라보기만 하는 건 사실 도움이 되지 않아. 그건 드라마를 '열심히 본 것'일 뿐, 언어를 공부하는 게 아니더라고.

그래서 나는 중국어 자막이 있는 한국 드라마나 예능을 봤어. '봤다'기보다는 '읽었다'는 표현이 더 맞을지도 몰라. 한국어는 듣지 않으려 해도 자연스럽게 들리잖아. 예를 들어 누군가가 한국어로 "거기 서!"라고 말하면 바로 이해가 되니까, 그에 해당하는 자막을 보며 '아, 이 표현은 중국어로 이렇게 말하겠구나.' 하고 익히는 거야.

이런 식으로 드라마 대사와 상황을 연결해서 표현을 배우는 것이 단순히 암기하는 것보다 훨씬 효과적이었어. 그렇게 공부한 지 육 개월쯤 지나니까 실력이 확실히 늘었다는 걸 느낄 수 있었지.

대학교에 들어간 이후에는 같은 수업을 듣고 같은 캠퍼스를 다녀도, 내가 어떤 선택을 하느냐에 따라 완전히 다른 하루가 만들어질 수 있어. 학교에서 수업만 들으면서 조용히 시간을 보낼 수도 있고, 아니면 나처럼 조금 더 발을 넓혀서 전혀 다른 세상을 경험할 수도 있지.

학교 수업도 물론 중요해. 하지만 지나고 나서 돌아보면, 학교에서 배우는 것보다도 학교에서 배울 수 없는 '밖의 경험'이 훨씬 더 값지고 오래 남았던 것 같아.

내가 도전했던 모든 과정에서 책으로는 절대 알 수 없는 사람들과의 연결, 문화의 충돌, 말이 통하지 않아 당황했던 순간, 뜻밖의 감동과 성장을 하나씩 만나기도 했어. 그러면서 내가 뭘 좋아하고, 뭘 잘하는 사람인지 조금씩 알게 되었어. 그건 시험 점수로는 확인할 수 없는 나만의 발견인 거야.

그러니까 너희도 대학에 가게 된다면 '내가 어떤 경험을 할 수 있을까?' '지금 이 시간엔 뭘 하면 좋을까?'를 함께 생각해 보면 좋겠어. 시험 점수나 여러 스펙도 물론 중요하지만, 다양한 경험이 나를 더 단단하게 만들어 줄 수 있거든.

어떤 활동이든 직접 하면서 배우는 것이 결국 너만의

이야기가 되고, 그게 앞으로 어떤 선택을 할 때 너희에게 큰 힘이 되어 줄 거야. 대학은 단순히 수업만 듣는 곳이 아니라, 내 자신을 더 깊게 알아 가는 기회의 공간이라고 확신해. 내가 그랬던 것처럼 말이야.

회사원에서 에듀테이너까지

너희는 여행을 좋아하니? 나는 좋아해. 처음 비행기를 탔을 때 느꼈던 낯설고 자유로운 공기와 간판도, 언어도, 사람도 전혀 다른 세계에서 길을 찾는 순간이 나를 살아 있게 했어. 그래서 어쩌면 학교 선생님이나 공무원처럼 한자리에 오래 머무는 삶은 애초에 내 선택지에 없었던 것 같아.

대학을 졸업한 뒤에는 '이제 진짜 어른이니까 제대로 된 직장을 가져야 해.'라는 생각만 했어. 점수에 맞춰서 대학을 가고, 졸업하면 유명한 회사에 들어가야 성공한 거라고들 하잖아? 나도 그 말이 맞는 줄 알았어. 그래서 나름 괜찮다는 회사에 입사해 열심히 일했어. 일하고, 실적을 내고, 인정받고, 연봉이 오르고. 그래야 잘 살고 있는 거라고 믿었지.

그래서 나도 열심히 그 길을 걸었어. 글로벌 프로젝트를 맡고, 외국계 클라이언트와의 미팅을 주도하고, 깔끔한 성과 보고서와 세련된 발표로 실적을 증명했지. 그런데 이상하게 일이 잘될수록 매일 같은 책상 앞에 앉아 있는 내가 점점 흐릿해지는 기분이 들었어. 늘 누군가의 언어를 통역하고 기획안을 정리하면서도 정작 '나는 지금 무슨 말을 하고 있는 거지?' 하는 의문이 쌓였어.

정해진 시간에 정해진 공간에 앉아 정해진 역할을 해내는 것은 내가 꿈꾸던 삶은 아니었지. 나는 늘 명함 없이 사는 삶을 꿈꿨어. 직함이 아닌 나로 누구인지 설명되는 삶을 말이야. 노트북만 있으면 도시가 달라도 계절이 달라도, 할 수 있는 일을 하는 게 내가 원하던 삶이었어.

퇴근길에 문득 이런 생각이 들었어. '지금 하고 있는 일을 계속하면 나는 어떤 사람이 되어 있을까?' 이력서에

화려하게 적힐 경력, 승진과 평가, 칭찬과 기대. 그런데 그 안에 껍데기만 있을 뿐, 진짜 '나'는 없었어.

철강 회사에서 번역가로 일할 때는 이름만 들어도 딱딱한 철, 금속, 열처리, 용접 조건 같은 단어가 매일 내 노트북 화면을 채우고 있었어. 그 안에는 감정도 표정도 목소리도 없었어. 나는 그걸 아주 정확하게, 오차없이 번역했어.

무채색 양복 사이에서 아무 말 없이 앉아 있으면 쓸쓸하다는 느낌이 들었어. 내가 무언가를 전달하기는 하는데, 그게 어떤 의미로 닿는지도 모르겠고 이 말을 누구에게 하고 있는지도 모르겠는 거야. 언어는 분명 흐르고 있었지만, 유학 시절에 느꼈던 말이 사람한테 닿고 있다고 느껴지지 않았어.

그때 알았어. 나는 말이 아니라 마음이 전달되는 순간을 좋아하는 사람이구나. 누군가가 "아, 나도 그랬어요." 라고 말할 때, 그 짧은 공감의 순간이 나에게는 훨씬 오래 남는다는 걸 말이야.

그래서 과감히 명함을 내려놓고, 그냥 나로 사는 삶을

시작했어. 노트북 하나만 들고 제주도 카페에서 수업하고, 외국에서도 프로젝트를 이어 가는 디지털 노매드가 됐지. 장소에 구애받지 않고 일할 수 있다는 것도 좋았지만, 어떤 환경에서도 나다움을 잃지 않고 계속 성장할 수 있다는 부분이 가장 즐거웠어.

생각해 보면 나는 늘 무언가를 단어로 설명하고, 문장을 잇는 사람이었어. 단순히 외국어를 잘한다는 게 아니라, 말을 매개로 사람을 이해하고 싶은 사람이었지. 너희와 수업하면서 내가 가장 중요하게 여기는 건 단어나 문법이 아니라 너희가 어떤 감정을 갖고 말하고 있는지야.

기억에 남는 수업이 하나 있어. 한 학생에게 영어로 자기 감정을 표현해 보라고 했을 때, 그 학생은 망설이다가 "I'm not okay."라고 말했어. 그때 나는 원래 수업하려던 내용의 방향을 틀어서 마음이 괜찮지 않을 때 사용할 수 있는 표현을 알려 줬어. 괜찮지 않으면 괜찮지 않다고 말하는 것은 중요해. 내 수업에서는 공부할 기분이 아니면 공부할 기분이 아니라고 말해 줬으면 좋겠어. 언어라는 건 결국 마음을 전하기 위해 존재하니까 말이야.

너희도 앞으로 모두가 가는 길을 따라야 할지, 아니면 너희만의 길을 새로 열어야 할지 고민하게 될 거야. 언젠가는 선택의 갈림길에 서게 되겠지? 그때 기억해 줬으면 해. '옳은 길'이란 건 정해진 게 아니라, 네가 걸어가며 만드는 거라는 걸. 그리고 남들이 이미 닦아 놓은 길도 나쁘지 않아. 하지만 마음이 자꾸 다른 곳을 바라본다면 그건 분명 이유가 있다는 것도 잊지 않았으면 해.

나는 언어를 통해 나를 표현했지만, 누군가는 그림으로, 누군가는 춤으로 자기만의 길을 만들기도 해. 재능이 어디에 있든 너희의 진심이 담겨 있다면, 그건 분명 누군가에게 닿을 수 있어. 그러니 두려워 말고 한번 걸어 봐. 너의 보폭에 맞춰서 말이야.

세상에 쉬운 것은 하나도 없구나

슬아

한국에 돌아온 나는 중국어에 대한 자신감이 한껏 높아진 상태였고, 무엇이든 할 수 있을 것 같았어. 그런데 현실은 생각보다 만만치 않더라고. 4학년이 되자 진로에 대한 고민이 시작됐지. 취업이라는 문턱 앞에서 자신감은 바닥을 쳤어. 중국어를 전공해서 무엇을 할 수 있을지, 어떤 진로를 선택해야 할지 매일 고민했어. 내가 잘하는 건 오로지 중국어뿐이었기에 최대한 중국어를 활용할 수 있는 직무를 선택하고 싶었거든.

틈틈이 해 오던 통번역 아르바이트를 진로로 이어 볼까, 고민도 했어. 실제로 대학을 다니면서 문서를 번역하고, 간단한 회화 통역을 하기도 했거든.

그런데 통번역이라는 일은 단순히 외국어를 잘한다고 누구나 할 수 있는 건 아니더라고. 특히 전문 통번역사가 되려면 대부분 통번역 대학원에 진학해서 더 깊은 공부와 훈련을 받아야 해. 실시간 통역처럼 긴박하고 정확성이 요구되는 상황에서는 언어 실력은 물론이고 빠른 판단력과 전문 용어에 대한 지식까지 모두 필요하니까.

외국어를 할 줄 안다고 해서 바로 통역사가 되는 건 아니야. 그만큼 더 깊이 배우고, 꾸준히 훈련해야 하는 일이었어. 통번역 아르바이트를 해 보면서 그 차이를 직접 느꼈고, '지금 이걸 당장 진로로 삼기엔 내가 준비가 아직 부족하구나.'라는 걸 인정하게 됐지.

그래서 남들처럼 취업을 위해 토익 점수를 준비하고, 이것저것 자격증 공부도 해 봤어. 하지만 마음이 가지 않는 공부는 역시 결과도 좋지 않았지. 사실 어릴 때 장래 희망처럼 선생님이 되고 싶기도 했어. 선후배들과 함께한 스터디에서 경험한 중국어를 가르치는 일이 정말 좋았고 수업을 준비하는 과정이 즐거웠거든. 하지만 나에게는 너무 멀게만 느껴졌고, 당시에는 무조건 회사에 취업해야 한다는 생각밖에 없었어. 그냥 다들 가는 길이니까 나도 그렇게 가야 하는 줄로만 알았던 거지.

그러던 중 중국어 관련 교육 회사의 모집 공고를 보게 됐어. 무언가에 이끌리듯 한 치의 망설임도 없이 '이거다!'라는 직감이 들었지. 채용이 진행 중인지 이미 마감됐는지도 몰랐지만 지금까지 해 왔던 대외 활동과 자격증, 그리고 나의 포부를 한 권의 책으로 정리해 무작정 대표님 앞으로 보냈어. 중국어를 제대로 활용할 수 있다면 뭐든 해 보고 싶었고, 지역이 어디든 상관없었어.

그리고 약 일주일 뒤에 서울로 면접을 보러 오라는 연락을 받았고, 고민할 틈도 없이 서울로 향했어. 면접에서 대표님은 나의 열정과 성실함을 믿고 그 자리에서 채용을 결정했어. 그리고 정확히 이 주 뒤, 나는 서울살이를 시작하게 됐지.

호기롭게 첫 출근했던 월요일이 아직도 생생해. 콘텐츠 팀에 배치된 나는 중국어 SNS 콘텐츠 제작, 번역, 영상 기획과 촬영, 편집까지 뭐든 맡아서 했어. 중국 출장을 다니며 현지인들과 인터뷰를 진행하고 회화 콘텐츠를 직접 제작하기도 했지. 그렇게 만든 영상이 홈페이지에 올라갈 때면 밥을 먹지 않아도 배부를 만큼 뿌듯하더라고.

어느덧 입사 사 년 차가 되었을 무렵, 회사는 온라인 교육 중심에서 오프라인 교육으로 사업 방향을 바꾸기 시작했어. 그 과정에서 온라인 사업은 점점 축소되었고, 내가 맡았던 일도 하나둘 줄어들기 시작했지. 하지만 무리한 사업 확장은 결국 회사 재정의 발목을 잡았고, 경제난이 이어지면서 인력 구조 조정에 들어가게 되었어. '혹시 나도 곧 잘리는 건 아닐까?' 하는 불안감에 밤잠을 설친 날이 많았어. 결국 많은 동료가 회사를 떠났고, 남겨진 나는 안도감보다는 더 큰 불안을 안은 채 그들의 업무까지 떠맡게 됐지.

처음 서울로 올라올 때만 해도 나는 흔들리지 않았어. 내가 직접 기회를 만들어 입사한 회사였고, 중국어로 할 수 있는 일을 마음껏 펼칠 수 있다는 게 정말 설렜거든.

그런데 어느새 나는 무기력해졌어. 선배를 바라보면 마치 내 미래를 보는 것 같았어. 매일 야근을 밥 먹듯이 하고, 저녁 없는 삶을 버티며 몸이 망가져 가는 걸 옆에서 지켜봤거든. 회사는 선배 같은 사원을 더 아꼈고, 나는 점점 지쳐 갔지.

문득 이런 생각이 들었어. '지금 나는 인정받고 있는 걸까? 이 회사에서 정말 대체 불가능한 사람일까?' 이런 질문이 머릿속을 떠나지 않았어. 그렇지만 혼란스러운 감정 속에서도 쉽게 미래에 대한 결정을 내릴 수는 없었어. 이 회사에 다니기 위해 서울에 올라왔는데 포기한다는 건 마치 모든 걸 내려놓는 기분이 들었으니까. 결국 나는 아무런 준비도 하지 못한 채 퇴사를 결심했어. 무엇보다 숨 쉴 틈이 필요했거든.

회사를 그만두기 전에는 내가 하고 있는 일을 이어서 맡을 사람을 위해 업무 내용을 정리하는 인수인계 과정이 필요해. 그래서 나도 퇴사 전에 인수인계를 하기 위해 문서를 작성하려 했는데, 적을 내용이 하나도 없는 거야. 그 순간 머릿속이 하얘졌어. '사 년 동안 정말 많은 일을 해 왔는데, 왜 적을 게 없지?' 곰곰이 생각해 보니 내가 맡았던 일은 나만 할 수 있는 특별한 일이 아니라 누구나 할 수 있고, 이미 모두가 함께 했던 일인 거야.

그걸 깨달은 순간 엄청난 허무함이 밀려왔어. '나 이곳에서 도대체 뭘 한 거지?'라는 생각이 머릿속을 가득 채웠어. 나는 언제든지 대체가 가능한 사람이었고, 회사라는 시스템 안에서 나만의 무기는 없었다는 걸 그제야 실감했지.

막상 회사에 들어가니 내가 좋아하는 일을 한다고 해서 마냥 행복하지는 않다는 것을 알게 됐어. 좋아했던 것이 일이 되고, 일이 일상이 되면서부터는 즐거움보다는 책임이 더 커졌거든. 그리고 그 책임 속에서 나는 방황했어. '내가 진짜 잘하는 게 뭘까?' '평생 이 일을 해도 괜찮을까?' '난 정말 이곳에 필요한 사람일까?' 누군가에겐 별일 아닌 고민일 수도 있지만, 내게는 너무 진지하고, 매일같이 스스로를 흔드는 질문이었어.

지금 돌이켜 보면, 첫 직장은 나에게 세상에 쉬운 일은 단 하나도 없다는 걸 처음으로 깨닫게 해 준 곳이었어. 좋아한다고 해서 무조건 잘할 수 있는 것도 아니고, 잘한다고 해서 모든 게 순조롭게 풀리는 것도 아니더라고. 아무리 열심히 해도 때로는 그 결과가 아무 흔적도 없이 사라지는 것처럼 느낄 수도 있지. 하지만 그런 시간 덕분에 오히려 나 자신에게 더 많은 질문을 하게 됐고, 진짜 하고 싶은 일과 내가 나다운 방식으로 성장할 수 있는 길이 무엇일지 다시 찾아보게 됐어.

너희에게 꼭 하고 싶은 말은 이거야. 지금 하는 고민, 방황, 시행착오는 모두 당연하다는 것. 학교에서 시험 준비를 하며 힘들어하고, 친구들과 비교하며 스스로 작게 느껴지는 그 순간도 결국엔 내가 누구인지를 알아 가는 과정이라는 거야. 세상에 쉬운 일은 하나도 없지만, 그래도 '내가 선택한 길'이라는 자부심은 쉽게 얻을 수 없는 값진 거니까.

어쩌다 보니, 돌고 돌아 결국 선생님

세진

자, 이 챕터에 들어가기 전에 이 말부터 하고 싶어. 앞에서도 잠깐 이야기했지만 나는 지금 교육 콘텐츠를 만들고, 너희 같은 청소년들에게 영어와 중국어를 가르치고 있어. 언어 수업과 삶의 질문을 엮은 글을 쓰는 사람이기도 하지.

SNS에서는 '외국어 강사' '에듀테이너' '언어 크리에이터' 같은 말로 불리기도 해. 인스타그램, 틱톡, 유튜브에서 짧고 재미있는 언어 콘텐츠를 만들고, 온라인 수업과 라이브 수업도 진행하고 있어. 교과서 문장을 따라 읽기보다는 이걸 왜 배우는지, 어떻게 쓰는지, 이 말은 왜 마음에 남는지 같은 감정과 삶의 맥락을 함께 건드리는 방식으로 수업을 진행해.

원래는 수업 수강 문의를 늘리기 위해서 틱톡을 시작했는데 십대 친구들이 주로 사용하는 플랫폼이라서 내가 하고 싶은 말이 훨씬 멀리, 빠르게 학생들에게 닿을 수 있었지. 내가 올린 수업 영상을 많은 사람이 보기 시작하면서 나는 '아, 이 일이 언어로 사람을 연결하는 일이 될 수 있겠구나.'라는 사실을 깨달았어.

내가 올리는 영상은 대부분 수업 시간이나 학생들과 주고받은 말, 언어와 감정이 만나는 장면을 짧게 담고 있어. 그걸 통해 수많은 댓글과 디엠이 오가고 있지. 어떤 친구는 영상 속 한 문장을 캡처해서 보내며 "이 말 덕분에 오늘을 버텼어요!"라고 말했고, 또 어떤 친구는 "선생님, 이런 수업 진짜 처음이에요."라며 자신의 이야기를 털어놓기도 했어. 수업은 콘텐츠가 되었고, 콘텐츠는 다시 수업이 되었지. 그렇게 사람들과 연결되는 이 흐름 안에서 나는 점점 더 '선생님'이 되어 갔던 거야.

그런데 나는 원래 누군가를 가르친다는 일은 정말 하

고 싶지 않았어. 학교? 학원? 고등학교 때까지 너무 많은 수업을 들어서 이제 수업이라면 정말 지긋지긋했거든. 그런데 아이러니하게도 지금 나는 선생님이라고 불리고 있어.

물론 학교에서 칠판 앞에 서서 주입식으로 가르치는 수업은 아니야. 내 수업은 학생들의 눈빛을 따라 움직이고, 학생들이 궁금해하는 걸 중심에 놓고, 세상에서 내가 살아 낸 경험을 바탕으로 이야기하는 수업이야. 내 이야기를 듣고 학생들이 물어보기도 해.

"선생님, 학교 싫어했다면서 왜 강사가 됐어요?"

그럴 때 나는 이렇게 대답해.

"내가 바라던 수업을 내가 하고 있는 거야!"

지금 내가 하는 수업은 중국 유학 시절의 경험이 크게 작용했어. 낯선 나라에서 말이 통하지 않아서 벽처럼 느껴졌던 순간, 단어 하나를 몰라서 마음을 제대로 전하지 못했던 밤, 눈빛과 표정으로 힘들게 의미를 주고받던 날. 나는 그 안에서 언어가 단순한 기술이 아니라 서로의 마음을 오가는 도구라는 걸 절실히 깨달았어.

중국어를 처음 배울 때는 문법보다 먼저 중국인들의 감정을 이해하고 싶었어. 내가 말하고 싶은 문장을 제대로 말했을 때 느꼈던 기쁨이 아직도 생생해. 그때 나는 시험을 잘 보려고 공부했던 게 아니라 다른 사람과 유기적으로 연결되고 싶어서 언어를 배웠던 거였지.

그래서 내 수업에서는 학생들에게 문장을 외우게 하기보다 "넌 어떤 말을 하고 싶어?" 하고 먼저 물어보고는 해. 문법보다는 감정이 먼저이고 정답보다는 진짜 대화가 중심에 있는 수업. 아마 내가 원했던 배움이 그런 거였던 것 같아.

한때는 누구보다 바쁘게 일했어. 용광로 앞에서 산업재해에 대한 설명을 통역하기도 했고, 새벽에 기사 번역을 마감하기 위해 졸린 눈을 비비며 책상 앞에 앉아 있던 날들도 많았어. 사람들은 '전문직' '성공적인 커리어'라고 말했지. 하지만 그 안에는 누군가의 목소리를 대신하는 말뿐이었고 정작 내가 하고 싶은 말은 어디에도 없었어.

그래서 갈망했어. '김세진'이라는 이름으로 누군가에게 다가갈 수 있는 삶을. 이제는 언어를 통해 나를 설명하고 싶었어. 콘텐츠를 만들고, 수업을 하고, 학생들과의 대화를 기록하면서 했던 교육은 내게 나 자신을 다시 쓰고, 또 너희를 함께 읽는 일이 되었어.

나 역시 한때는 남들이 붙여 준 이름에 갇혀 있었지만, 지금은 내 이름 석 자로 살아가고 있어. 그래서 나는 오늘도 너희에게 묻고 싶어. 너희는 어떤 모습으로 살아가고 싶니? 너희는 어떤 '세진'으로 살아가고 싶니? 내가 지나온 길, 실패하고 흔들렸던 순간이 너희가 원하는 모습으로 살아가는 방향을 찾는 데 작은 실마리가 되기를, 남들처럼이 아니라 그냥 '나'답게 살아가길 바라.

스물여덟 살, 다시 학생으로

슬아

막상 회사를 그만두고 나니 이제 쉴 수 있다는 안도감
은 잠시뿐이었어. 이내 '이대로 괜찮을까?' 하는 불안감
이 밀려오더라고. 매일 각종 취업 공고가 올라오는 사이
트를 들여다보며 어떤 직무가 있는지 하나하나 살펴봤
고, 다른 사람들은 어떤 경로로 경력을 쌓는지도 찾아봤
어. 마케팅, 행정, 경영 지원 같은 직무 공고를 보며 고민
도 했지만, 마음이 끌리지 않으니 하고 싶다는 의욕조차
생기지 않더라고.

반면에 중국어 관련 콘텐츠나 교육 자료, 자막 번역 같
은 직무의 공고를 보면 나도 모르게 집중하게 되는 거야.

'아, 이게 내가 진짜 좋아하는 일이구나.' 그제야 조금씩 실감할 수 있었어.

회사에 다닐 때도 수강생들의 질문을 받는 중국어 학습 Q&A 업무를 도왔어. 그 과정에서 느꼈지. '아, 나는 내가 가진 걸 나눌 때 즐거운 사람이구나.'라는 걸 말이야. 그렇게 '내가 가진 것을 나누며 살아가자.'는 인생의 목표가 생겼어.

다시 진로를 고민하고 있는데 회사를 다닐 때 과외를 했던 한 학생에게서 연락이 왔어. "선생님 덕분에 자격증 땄어요." 그 말 한마디에 마음이 다시 움직이더라고. '맞아, 내가 이걸 좋아했지. 그리고 계속하고 싶어 했지.' 누군가의 변화나 성장을 함께하며 만들어 가는 성취감이 너무 좋았어. 그때 느꼈어. 중국어를 가르쳐야겠다고.

그래서 다시 과외를 시작했어. 그리고 지인 소개로 한두 명과 수업하면서 수업 장면이나 학생들과 주고받은 메시지, 학생들의 여러 합격 소식을 하나둘씩 SNS에 올리기 시작했지. 그랬더니 조금씩 과외 문의가 들어오기 시작하더라고. 그렇게 나는 다시 내가 좋아하는 것을 좇기 시작했던 거야.

호기심으로 시작한 중국어에 흥미를 느껴 나와 함께 공부하며 전공을 중국어로 바꾸고, 결국 중국 명문대에 합격한 학생도 있었어. 그 외에도 중국어 덕분에 승진한 직장인, 내게 배운 중국어로 중국인 환자와 원활히 소통해 병원의 규모를 키운 의사, 중국 오디션에 합격해 한국과 중국을 오가며 활동하는 배우까지. 지금껏 백 명이 넘는 수강생을 만났고, 그중에는 정말 다양한 연령대와 직업을 가진 사람들이 있었어.

아마 내가 회사를 계속 다녔다면, 절대 만날 수 없는 인연이었을 거야. 중국어라는 공통의 목표 하나로 서로 다른 삶의 궤적이 교차했다는 것 자체가 나에게는 굉장히 소중한 경험이었어.

나는 내가 좋아하는 일을 통해 주체적으로 살아가는 법을 배워 갔어. 하지만 각기 다른 수강생들의 목표에 맞는 커리큘럼을 설계하고, 실질적인 성과를 만들어 내면서 큰 보람을 느꼈어.

물론 모든 과정이 순조롭지는 않았지. 수업을 시작하기도 전에 이력을 증명하라는 말이나, 교원 자격증도 없는데 어떻게 믿고 배우냐는 질문을 받을 때도 있었어. 그럴 때는 잠깐 화가 나기도 했지만, 결국 학벌과 자격으로 평가받는 현실 앞에서 허탈함이 더 크게 밀려오더라고. 마치 내가 쌓아 온 시간과 노력이 한순간에 무시당하는 기분이랄까?

그렇게 과외를 시작한 지 일 년쯤 지나자 나도 모르게 다시 '이 길을 더 잘 걷기 위해서는 무엇이 필요할까?'를 고민하게 되었어. 내가 좋아하고 잘하는 중국어를 제대로 가르치려면, 단순히 좋아한다는 마음만으로는 부족하다는 걸 알게 된 시기였거든. 배운다는 것은 그 사람의 시간과 열정을 쏟는 일이잖아. 그러니 내게도 책임이 있다는 생각이 들었지.

그래서 더 전문적인 역량을 키우기 위해 교육 대학원에 진학하기로 결심했지. 대학원 입시 공부를 시작하면서 예전에 봤던 전공책들을 꺼냈어. 열심히 필기했던 흔적을 다시 들춰 보며 추억에 잠기기도 했고, 더 깊은 이론을 공부하면서 마음 한편이 다시 뜨거워지는 걸 느꼈어.

나는 두 곳의 교육 대학원에 지원했고, 두 대학 모두 합격했어. 그렇게 나는 스물여덟 살에 다시 학생이 되었어.

남들의 속도에 꼭 맞춰 갈 필요가 있을까? 스물여덟 살이면 당연히 취업해서 자리를 잡고 있어야 한다고들 생각하지. 나도 그랬어. 주변을 보면 이미 안정된 직장에 다니고, 결혼을 준비하고, 저축을 하는 또래가 많았으니까. 그래서 삼천만 원이 넘는 등록금이면 차라리 결혼 자금을 모으는 게 낫지 않겠냐는 이야기도 많이 들었지. 솔직히 말하면 나도 많이 흔들렸어. 괜히 나만 느린 건 아닌가, 나만 제자리에서 맴도는 건 아닌가 하는 생각이 계속 들었거든. 하지만 결국 나는 내가 가고 싶은 길을 선택했어. 그 선택이 얼마나 의미 있었는지는 시간이 지나면서 더 확실해졌어. 남들이 말하는 정답 대신 내 마음이 향하는 방향과 나의 목표를 믿었거든.

모두가 가는 길이 꼭 내 길일 필요는 없어. 조금 늦더라도 잠시 돌아가더라도, 내가 좋아하고 잘할 수 있는 길을 찾아가는 게 더 중요하다고 생각해. 그렇게 한 걸음씩 나만의 속도로 걷다 보면, 어느 순간 '나는 내가 갈 길을 가고 있었구나.' 하고 깨닫게 될 거야. 인생에는 정답이 없어. 중요한 건 멈추지 않고 계속 나아가는 거야.

3

교실 안과 밖,
우리가 만난 아이들

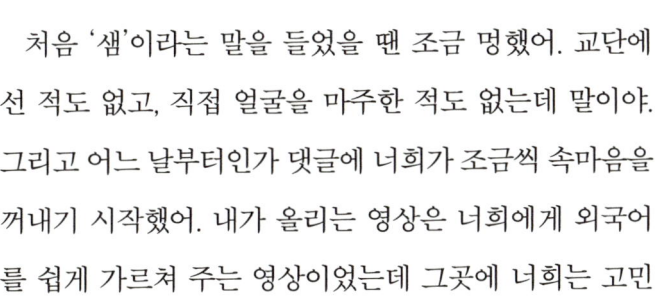

온라인 세상 속 진심

처음 '샘'이라는 말을 들었을 땐 조금 멍했어. 교단에 선 적도 없고, 직접 얼굴을 마주한 적도 없는데 말이야. 그리고 어느 날부터인가 댓글에 너희가 조금씩 속마음을 꺼내기 시작했어. 내가 올리는 영상은 너희에게 외국어를 쉽게 가르쳐 주는 영상이었는데 그곳에 너희는 고민을 말하기 시작한 거지.

"저 오늘 발표 망했어요."

"선생님이 애들 앞에서 저만 혼냈어요. 억울해요."

"요즘 아무 일도 없는데 눈물이 나요."

처음에는 어떤 위로를 해야 할지 몰라 당황했지만, 동

시에 마음 한쪽이 뭉클했어. 그 순간부터였던 것 같아. 너희의 말이 하나씩 가슴에 들어오기 시작한 때가. 영상 하나가 고민을 말하는 공간이 될 수 있다는 게 신기했고, 무엇보다 너희가 누군가에게 마음을 털어놓고 싶어 했다는 사실이 오래전의 나를 보는 것 같기도 했어.

어떤 한 친구가 이런 메시지를 보냈어.

"사실은요, 진짜 속마음은 누구한테도 말 못 해요. 다들 제가 괜찮다고 생각하니까요. 그냥 계속 괜찮은 척하다 보면 진짜 내가 어떤 마음인지 모르겠어요."

그 말이 너무 아프게 들렸어. 진짜 내 이야기를 들어 줄 사람이 없다고 느끼는 건 혼자 있을 때와는 또 다른 외로움이니까.

또 다른 친구는 "우리 엄마는 제가 잘하면 기뻐해요. 그래서 계속 좋은 애처럼 보여야 할 것 같아요." "칭찬을 들어도 실망시킬까 봐 두려워요."라는 고민을 이야기하기도 했지. 사랑받기 위해 잘해야만 한다고 믿는 마음에 대한 두려움이었어. 누군가의 기대 속에서 살아가다 보면 "나는 그냥 나야!"라는 말조차 꺼내기 어려워지지.

어떤 남학생은 자기는 눈물이 나지 않는 타입이라고 말했지만 시험 기간에 혼자 감정을 이기지 못하고 책상 밑에 얼굴을 묻고 울었다고 고백하기도 했고, 또 어떤 초등학생 친구는 단어를 외우기가 너무 어려워서 스스로 멍청이처럼 느껴진다고 했지.

너희의 고민은 하루에도 수십 개씩 내게 도착했어. 무력감, 고립감, 정체성과 역할, 관계의 불안, 시간의 압박⋯⋯. 그 이야기는 댓글에서 디엠으로, 또 가끔은 라이브 방송에서 울먹이는 목소리로 이어졌어. 얼굴과 이름을 몰라서 더 솔직해질 수 있었던 것 같아. 익명성이 너희에게는 가면이 아니라 용기의 출구가 되었던 거지.

가끔은 댓글 창에 상처 주는 말도 많아서 나도 마음이 철렁할 때가 있어. 익명성은 때로는 방패가 되고, 때로는 창이 되지만, 그 안에서 '내 편이 되어 줄 사람'을 찾을 수 있다면 그걸로도 충분히 의미 있는 걸지도 몰라.

또 어떤 친구가 늘 우울한 말만 남기다가 몇 주 뒤 이런 댓글을 썼어. "요즘은 예전보다 많이 웃어요. 웃을 일이 생겨서가 아니라 이제 혼자 있어도 무섭지 않아서요." 그 문장을 보고 나도 모르게 눈물이 났어. 내가 했던 말이나 영상 하나가 그 친구에게 작은 힘이라도 됐기를 바랐지.

그렇게 나는 알게 되었어. 교실이 없어도, 책상이 없어도, 누군가의 이야기를 진심으로 들어 주는 사람이 한 명이라도 있다면 너희의 마음이 한결 가벼워질 수 있다는 사실을 말이야. 너희가 정말 바랐던 건 거창한 답이 아니라 "그럴 수도 있어." "지금 네 마음이 이상한 게 아니야." 라고 말해 주는 어른이더라고.

지금 누군가에게 털어놓지 못한 마음을 가지고 있니? 혼자인 것 같을 때 너희 이야기를 들어 줄 사람이 있다면, 너희의 마음은 조금 가벼워지지 않을까? 실수해도 괜찮다고 네 마음은 이상한 게 아니라고 말해 줄 누군가가 있다면, 조금은 용기가 날 수 있지 않을까?

이 글을 읽고 있는 너희에게 지금 그 말을 건넬게. 괜찮아. 너희의 마음은 틀리지 않았어. 숨기지 않아도 괜찮아. 그 마음을 내게 들려준 것만으로도 충분히 용감했어. 오늘도 잘 버텨 줘서 고마워.

마음속에 꺼내지 못한 고민이 있다면 오늘은 밖으로 꺼내 보는 건 어때? 그리고 너희의 이야기는 언젠가 누군가에게 큰 힘이 될지도 몰라. 그러니 너무 작다고 별거 아니라고, 마음속에만 담아 두지 않았으면 해.

19세기 미국 시인 월트 휘트먼은 "내 안에 있는 감정과 생각은 결국 다른 사람의 마음과도 연결되어 있다."라고 이야기했어. 우리도 마찬가지야. 온라인에서 내가 털어 놓는 고민, 마음속의 작은 진심이 실제로 누군가에게 닿을 수 있어. 그로 인해 우리는 서로를 이해할 수 있고, 한 명의 진심이 또 다른 누군가에게 용기를 줄 수 있지. 너희도 내 마음을 숨기지 않고 꺼내는 그 자체가 이미 누군가에게 큰 의미가 될 수 있다는 걸 잊지 않았으면 좋겠어.

교단에 처음 발을 내딛던 그날과 지금

대학원에 다니던 중에 나는 중국어 인터넷 강의의 강사로 데뷔하게 되었어. 그동안 틈틈이 SNS에 중국어와 한문을 가르쳤던 수업 내용과 학생들의 변화 과정을 공유했는데, 그걸 본 한 교육업체에서 연락이 온 거야. 젊은 여자 한문 선생님을 찾고 있다며, 초등학생을 대상으로 한문 강의를 함께 제작하고 싶다는 제안이었어.

그렇게 나는 처음으로 카메라 앞에 서서 수업하는 도전을 하게 되었어. 오프라인에서 직접 학생들과 눈을 마주치던 수업과는 다르게 인터넷 강의는 혼자 수업하기 때문에 꽤 어색하더라고. 그래도 처음이란 건 언제나 그렇듯 떨리면서도 설레는 순간이었어.

그동안 나는 통번역 일을 병행하면서도 계속해서 학생들을 만나 중국어를 가르치면서 경험을 쌓았어. 내가 겪은 수많은 시행착오와 현장에서의 실전 경험은 점차 하나씩 빛을 발하기 시작했지.

대학원 4학기가 시작되자 정말 눈코 뜰 새 없이 바빠졌어. 인터넷 강의 촬영, 번역 업무 그리고 교생 실습까지 한꺼번에 병행해야 했거든. 하루에 겨우 두세 시간 쪽잠만 자며 버티는 날이 많았지만, 이상하게도 그 시간이 괴롭지만은 않았어. 몸은 지치고 힘들었지만 내가 해야 할 일이 있다는 사실 자체가 나를 다시 일으켜 세웠어. 할 일이 있다는 게 얼마나 감사한 일인지 그때 실감했지.

'중등학교 정교사 2급 자격증'을 받기 위한 마지막 단계는 바로 '교생 실습'이야. 너희 학교에도 한 번쯤은 교생 선생님이 왔던 기억이 있을 거야. 나도 교생 실습을 위해 한 달간 매일 아침 7시 30분까지 고등학교로 출근하게 되었지. 내가 교사가 되기 위한 마지막 문을 두드리고 있다는 사실 하나만으로도 모든 게 의미 있게 느껴졌어.

실습 첫날, 교문을 지나 복도를 걸어 교실로 들어서던 그 순간이 아직도 선명해. 내 이름이 적힌 명찰을 달고 교탁 앞에 섰을 때, 나는 조금도 무섭지 않았어. 오히려 마음이 편안했고, 설렜어. '내가 있어야 할 자리가 여기인가 보다.' 하고 처음으로 확신이 들었던 순간이었어.

드디어 첫 수업 날이 다가왔어. 며칠 전부터 강의안과 예시 자료를 만들면서 수없이 연습했지만, 막상 교탁 앞에 서게 되면 어떤 상황이 벌어질지 모른다고 생각하니 많이 떨렸어. 서른 명이 넘는 학생과 함께하는 수업은 내게 처음이었고, 그 숫자만으로도 부담이 컸거든. '내가 잘할 수 있을까? 학생들이 나를 선생님으로 받아들여 줄까?' 별별 생각이 다 들었지.

교실 문을 열고 들어서는 순간, 모든 학생의 시선이 일제히 나를 향했어. 단정하게 앉아 나를 지켜보는 눈빛들 속에 호기심, 기대 그리고 아주 조금의 긴장감이 함께 담겨 있던 것 같아. 나는 천천히 교탁 앞으로 걸어갔고, 그 몇 걸음은 마치 천천히 필름을 돌리는 것 같았어.

그리고 교탁 앞에 섰을 때 신기하게도 그 순간까지 날 짓누르던 긴장감이 스르르 사라지더라. '그래, 이 자리가 내가 있어야 할 자리야.'라는 생각이 들었거든. 학생들과 마주 보고 서 있는 그 순간, 나는 오히려 편안했어. 수없이 꿈꾸던 장면이 눈앞에 펼쳐졌다는 게 실감 났고, 내가 걸어온 모든 과정이 이 순간을 위한 것이었단 걸 깨닫게 됐지.

처음 느껴 보는 감정이었어. 수업 내내 반짝이는 눈으로 집중하고, 내 질문에 자신 있게 대답하는 학생들 덕분에 나는 확신했어. '아, 나는 교단에 서야겠구나.'라고 말이야.

그런데 정식 교사가 되려면 임용 고사를 통과해야 해. 교원 자격증이 있다고 바로 교사가 되는 건 아니고, 국가에서 주관하는 시험에 합격해야만 비로소 교단에 설 수 있어. 그래서 나도 교생 실습이 끝나자마자 바로 임용 고사 공부를 시작했지. 하루에 열 시간 넘게 책상 앞에 앉았어. 이미 나보다 앞서 준비한 사람들을 따라잡기 위해 더 열심히 해야 한다는 조급함이 들었거든.

하지만 교육청 홈페이지를 확인해 보니, 중국어 교사 채용 인원 수는 '0'이었어. 다음 해도, 그다음 해도 마찬가지였지. 아무리 기다려도 '0'이라는 숫자는 바뀌지 않았어. 채용 계획이 없다는 뜻은 시험 자체가 열리지 않는다는 뜻이었고, 나는 응시할 기회조차 없다는 의미였어.

교육청 입장에서는 이미 중국어 교사가 충분하다고 판단한 거겠지. 하지만 그 사실을 받아들이는 건 쉽지 않았어. 누군가는 시험에 도전할 수 있는 기회라도 주어지는데, 나는 출발선에조차 설 수 없다는 게 너무 억울했거든.

그 순간 나는 고민했어. 내가 진짜 원하는 게 정교사 자격증일까? 아니면 '아이들을 가르치는 일' 그 자체일까? 임용 고사만을 바라보며 수년을 보내는 대신 내가 지금 할 수 있는 가르침의 자리부터 먼저 찾아야 하는 건 아닌지 하는 많은 갈등 속에서 또다시 진로를 고민했어.

하지만 교사라는 꿈을 놓고 싶지는 않았어. 임용 고사라는 문은 열리지 않았지만, 그렇다고 내가 학생들을 가르치는 꿈까지 포기할 이유는 없다고 생각했거든. 그래서 나는 정규 교사는 아니지만 일정 기간 동안 학교에서 수업하는 기간제 교사라는 선택지를 고민하게 됐어. 물론 기간제 교사는 해마다 근무지가 바뀌거나 언제든 자리가 없어질 수 있는 불안정한 자리라는 점에서 망설이기도 했지만, 지금 당장 교실에서 학생들을 만날 수 있다는 것 하나만으로도 도전할 이유는 충분했어.

그래서 하루에도 몇 번씩 교육청과 학교 홈페이지를 확인하면서 기간제 교사 채용 공고를 찾아봤지. 공고가 뜨기 무섭게 자기소개서를 작성하고, 교직 이수 증명서나 자격증 사본까지 하나하나 첨부해서 지원서를 보냈어. 그렇게 내가 지원한 학교는 총 일흔 곳이 넘었어. 서울, 경기, 인천, 심지어 KTX를 타야만 갈 수 있는 지방 학교까지 닥치는 대로 지원했지. 어딘가 한 곳이라도 연락이 오기를, 학생들을 가르칠 기회가 오기만을 바라면서 말이야.

그런데 돌아온 건 다섯 번의 면접 기회뿐이었어. 그조차도 대부분은 1차 서류 합격 후 전화 면접이나 간단한 대면 면접에 불과했어. 교육청 관계자나 학교 관리자들이 내 경력을 물어보면 나는 자신 있게 대답했어. "중고등학생을 대상으로 인터넷 강의를 수년간 해 왔고, 교육 콘텐츠도 직접 기획해 본 경험이 있습니다." 그런데 의외로 내 이야기는 그리 반응이 좋지 않았어. 인터넷 강의, 학원 수업, 특강 강사 같은 경력은 학교 현장에서는 여전히 '정식 교사가 아닌 경험'으로 치부되고는 했거든.

또 학교 교사든 학원 강사든, 누군가를 가르치는 직업에는 면접과 함께 반드시 '수업 시연'이 포함돼. 수업을 어떻게 구성하고, 학생들과 어떻게 소통하는지를 보는 과정이지. 어떤 날은 내가 주제를 정해서 준비해 가기도 하고, 또 어떤 날은 면접장에서 즉석으로 주제를 확인하고 그에 맞게 수업하라는 요청을 받기도 했어. 예상치 못한 상황에서도 당황하지 않으려 애썼고, 나름대로 최선을 다했지만 결과는 늘 '불합격'이라는 결과뿐이었지.

그럴 때마다 솔직히 속상했어. 나는 나름대로 수업을 잘하기 위해 오랜 시간 노력했고, 수많은 학생과 소통하면서 내 방식의 가르침을 다듬어 왔는데, 그 모든 경험이 무시당하는 느낌이 들었어.

다시 마음을 다잡고, 지원서를 처음부터 다시 쓰고 지우기를 반복했어. 수업 시연 기회를 얻지 못한 학교에는 강의 자료라도 제출하게 해 달라고 간절히 부탁하기도 했지. 그렇게 또 면접을 보고, 새로운 공고가 올라오기만을 기다리던 어느 날, 모르는 번호로 전화가 걸려 왔어. 평소 같으면 받지 않았을 텐데 이상하게 그날은 꼭 받아야 할 것 같은 예감이 들었어.

"손슬아 선생님 맞습니까?"
"네, 맞습니다. 혹시 어디신가요?"
"면접 보신 ○○고등학교입니다. 합격 축하드립니다. 다음 주까지 공무원 건강 검진을 받아서 행정실에 제출해 주세요."

전화를 끊고 나서도 한동안 멍하니 앉아 있었어. 그동안 쏟아 온 노력이 머릿속을 스쳐 지나가더라. 그리고 그 순간 '늘 꼴찌였던 내가, 항상 부족하고 뒤처진다고 느꼈던 내가, 드디어 교단에 서게 되었구나.' 하는 생각이 들었어.

누군가는 나에게 "그게 성공이야?"라고 물을지도 모르지. 하지만 나에게 지금 내가 서 있는 이 교단은 내게 단순한 직장이 아니야. 이건 내가 나에게 건 싸움이었고, 나를 증명하는 자리였어. 교실에 서는 순간 나는 이제야 온전히 나로 서게 되었다고 처음으로 느꼈거든.

기준은 내가 정해

카메라 앞에 나를 드러내는 일은 정말 다양한 평가를 받는다는 의미이기도 해. 때로는 악플을 받기도 하지. 생김새에 대해서도 말이야. "화장이 너무 이상해요." "머리색이 왜 그래요?" "생긴 게 참⋯⋯." 아무리 괜찮은 척해도 마음은 철렁였고, 부끄러웠고, 가끔은 카메라 앞에 다시 서기 싫어질 때도 있었어. 그 평가들은 '내가 존재해도 될까?'라는 생각으로 이어지고는 했거든. 그 한 줄에 하루가 무너지기도 했어. 누구보다 내가 나를 미워하고 있었어. 나조차 나를 사랑해 주지 못하는데, 누가 이런 나를 좋아할까 싶었어.

어릴 때부터 나는 다른 사람들과 항상 나를 비교하곤 했어. 외모도 마찬가지였지. 친구들과 사진을 찍을 때도, 나 혼자 셀카를 찍을 때도 늘 마음속에 떠오르는 건 '이건 좀 아닌데?' '이마가 너무 넓게 나왔어.' '팔이 두껍게 나왔어.' 같은 말이었어. 늘 나를 흠잡고 있었지.

나는 피부가 까매. 여름마다 친구들이 "더 탄 거 아니야?"라고 놀리기도 했어. 어떤 날은 거울을 볼 때, 밝고 투명한 피부가 아니라는 이유만으로 내가 예쁘지 않은 사람처럼 느껴졌어. 그런데 내 까만 피부는 정말 이상한 걸까?

어릴 때는 털이 많다고 놀리던 친구도 있었어. 짓궂게 놀리고 아무렇지도 않게 상처 주는 말을 하기도 했지. 그때는 내 팔의 털이 너무 창피해서 긴소매 옷으로 보이지 않게 가리기 바빴어. 지금 생각하면, 내게 상처를 줬던 아이들도 각자 외모 고민을 안고 있었는지도 몰라. 어릴 때는 몰랐어. 그 애들도 완벽하지 않았고, 나도 괜찮지 않은 게 아니었다는 걸.

나는 내가 마음에 든 적이 단 한 번도 없었어. 거울을 볼 때마다 뭔가 부족하다고 느껴졌지. 칭찬이 귀에 들어오지 않았어. 내 안에 이미 어떤 기준이 있었고, 나는 그 기준에 늘 못 미쳤거든. SNS 속 사람들은 모두 예뻐 보이고, 정돈돼 있고, 부족함이 없어 보였어. 그때마다 나는 자꾸 작아졌어. '내가 그 사람들과 같이 있어도 괜찮은 걸까? 내가 나온 영상에 누군가 상처 주는 말을 남기진 않을까?'라는 생각에 너무 무서웠어.

반대로 용기를 주는 댓글도 많았어. "오늘 선생님 진짜 멋있어요." "영상 보면서 저도 웃었어요." 화면 속 내가 어떤 모습이든, 누군가는 진심으로 응원해 주고 있다는 사실에 다시 힘이 났어. 그리고 생각했지. 남에게는 쉽게 "괜찮아, 예뻐."라고 말하면서 정작 내게는 왜 한 번도 그런 말을 하지 못했을까?

이제는 조금 다르게 생각해. 누가 내 외모에 대해 뭐라고 하든, 나만의 아름다움이 있다고 믿기로 했어. 내가 정한 기준 안에서 있는 그대로의 나를 예뻐해 주기로 결심했거든.

그럼 나는 어떻게 나만의 기준을 만들었을까? 처음에는 아주 작은 실천부터 시작했어. 예를 들면 하루에 한 번 거울을 보며 "오늘도 잘 버텨 줘서 고마워."라고 말해 보는 거야. 사진을 찍을 때도 '어떻게 해야 예쁘게 보일까?'가 아니라 '오늘의 나는 어떤 느낌일까?'에 더 집중했어.

맨얼굴로 카페에 가기, 필터 없이 셀카 올리기 같은 작지만 내게는 용기가 필요했던 도전을 시도하기도 했지. 나는 연예인처럼 보여야 할 이유도 없고, 필터 속 모습과 비교할 필요도 없다고 생각하면서 말이야. 나는 나답게 웃고, 말하고, 존재하는 것만으로도 충분해.

그래도 나는 여전히 흔들려. 지금도 촬영한 영상을 올리기 전에 한참 고민하고, 누군가가 나를 평가하는 시선이 떠오르면 괜히 마음이 불안해질 때도 있어. 그런데 그럴 때마다 이렇게 생각해.

'내가 이 영상을 올리는 이유는 나를 뽐내기 위해서가 아니라, 누군가에게 닿기 위해서야. 나의 진심이 누군가에게 위로가 된다면 그걸로 충분해.'

중요한 건 나를 미워하지 않는 연습을 계속하는 거야.

오늘 하루만이라도 스스로를 조금 더 다정하게 바라봐 주자.

　요즘은 거울 앞에서 이렇게 말해.

　"오늘도 잘 견뎌 줘서 고마워."

　이제는 얼굴이 마음에 들지 않는 날도, 머리 모양이 마음대로 되지 않는 날에도 나를 미워하지 않아. 그대신 "그래도 너니까 괜찮아."라고 말해 주기로 했어.

　혹시 너희도 거울을 볼 때마다 괴로운 날이 있어? 남들의 기준에 맞춰 나를 자꾸 고치고 싶어질 때도 있지는 않니? 그렇다면 말해 주고 싶어. 우리는 모두 고쳐야 할 존재가 아니야. 지금 있는 그대로 괜찮은 사람이야. 자신만의 기준으로 스스로를 바라볼 수 있기를, 그리고 '있는 그대로의 나'를 더 사랑할 수 있는 사람이 되기를 바랄게.

여전히 나만의 길을 만들어 가는 중

슬아

앞에서도 말한 적 있지만 현재 나는 학교 업무 외에도 중국어와 한문을 가르치는 인터넷 강의 강사로 활동하고 있어. 오프라인 수업만 해 오던 나에게, 카메라 앞에서 혼자 강의한다는 건 정말 큰 도전이었어.

처음 교육업체 대표님과의 미팅 자리에서 젊은 한자 선생님을 찾기 어렵다는 이야기를 들었어. 한문은 국어, 영어, 수학처럼 주요 과목이 아니라서 입시 중심의 교육 환경에서는 상대적으로 관심을 덜 받는 비인기 과목으로 취급되기 쉬워. 그래서 나 역시 한문은 비전이 없는 과목이라고 생각해 왔어.

하지만 최근 들어 젊은 세대의 문해력 저하가 사회적 문제가 되면서, 텍스트를 제대로 이해하고 표현하는 능력을 키우는 한문 교육의 필요성이 점점 강조되고 있어. 단순히 고전을 배우는 과목이 아니라, 문자에 담긴 의미를 해석하고 논리적으로 사고하는 훈련을 할 수 있는 과목이라고 할 수 있지. 비록 주목받지 않는 과목이었지만, 오히려 그 속에서 새로운 가능성과 가치를 발견하게 된 거야.

인터넷 강의 촬영을 준비하면서 '강사'의 시선으로 다른 강의를 분석하게 되었어. 시선 처리, 표정, 제스처, 판서 등 카메라 앞에서 혼자 몰입해야 하는 인터넷 강의 특성상 훨씬 더 디테일하게 연구하고 연습했지. 오프라인 수업과는 전혀 다른 방식이었지만, 새로운 도전을 통해 또 하나의 길을 열 수 있는 소중한 경험이었어.

내가 처음으로 맡은 강좌는 초등학생을 대상으로 한 한자 능력 검정 시험 8급 대비반이었어. 이전까지는 성인들을 대상으로 수업해 왔기 때문에, 초등학생의 눈높이에 맞춰 강의를 진행한다는 게 생각보다 훨씬 더 어려웠지. 단어 하나도 쉽고 친숙한 표현을 사용해야 했고, 말투나 목소리 톤, 표정까지도 초등학생들에게 맞춰야 했어.

말이 조금만 꼬이거나, 어휘 선택이 학생들에게 어렵게 느껴질 것 같으면 처음부터 다시 찍어야 했지. 얼마 되지 않는 문장을 멈추고, 다시 하고를 반복하다 보니 하루에 한 강의도 제대로 마무리하지 못하는 날도 있었어. 촬영 현장에서는 대표님께서 여러 차례 날카롭게 지적하기도 했는데, 그때마다 '과연 내가 잘할 수 있을까?' 하는 생각이 들더라.

촬영한 영상을 보면서 내가 갖고 있던 문제점이 하나둘씩 눈에 들어오기 시작했어. 분명 카메라 렌즈를 정면으로 보고 있다고 생각했는데 화면 속 내 눈빛은 이리저리 움직이며 어딘가 불안해 보였지. 말투는 어색하고 딱딱했고, 몸짓이나 제스처도 자연스럽지 않았어. 그동안 수없이 수업해 왔던 나지만, 카메라 앞에서는 처음부터 다시 배워야 한다는 걸 실감했어.

나는 시선 처리, 말의 속도, 표정, 어휘 선택까지 사소한 것 같지만 학습자에게 큰 영향을 줄 수 있는 요소를 계속 고쳐 나갔지. 첫 번째 촬영보다 두 번째가, 두 번째보다 세 번째가 조금씩 나아지는 걸 느끼면서 스스로에게 '나도 해낼 수 있다.'는 자신감이 생겼어.

무엇이든 처음이 어렵지 결국 해내지 못한 일은 없다는 걸 그때 몸으로 배웠어. 그렇게 피, 땀, 눈물로 만든 첫 강좌를 무사히 마무리 짓고, 드디어 내 강의가 홈페이지에 정식으로 오픈되었을 때는 정말 세상을 다 가진 기분이었어. 그 과정에서 성장한 내 자신이 너무 자랑스럽고 뿌듯했거든.

강좌가 오픈된 후에는 블로그와 인스타그램에 강의 소식을 꾸준히 올렸고, 촬영 과정을 담은 기록도 자주 공유했어. 그러던 어느 날, 인스타그램으로 디엠이 한 통 도착했어. 내가 올린 한자 강의 촬영 기록을 보고 다른 회사에서 한자 강좌 제작을 하는데 함께하자는 제안이었어.

처음 촬영했던 곳은 작은 업체였지만, 이번에는 이름만 들어도 누구나 알 만한 대형 교육 기업이었어. 젊은 한자 선생님을 찾던 중에 내가 SNS에 올린 글을 우연히 보게 됐다고 하더라고. 정말 놀랍고 신기했어. 단순히 기록용으로 남겼던 글이 새로운 기회로 이어질 줄은 정말 몰랐거든. 새로운 곳에서 나는 한자 능력 검정 시험 3·4급 강좌를 연달아 촬영하게 되었어. 그렇게 우연히 찾아온 한 번의 제안이 또 다른 기회로 이어졌고, 그 덕분에 나는 지금까지 인터넷 강의 강사로 활동할 수 있게 되었지.

인터넷 강의는 전국의 다양한 학생들을 만나며 수업할 수 있다는 점이 정말 큰 장점이야. 지역을 가리지 않고 내가 가진 지식을 나눌 수 있다는 건 예전에는 상상도 못한 일이었거든.

나는 지금도 여전히 길을 찾는 중이야. 누군가는 "이제 자리 잡았잖아."라고 말할지도 모르지만, 사실 자리라는 건 내가 정해 놓은 게 아니라 계속 바뀌는 것 같아. 삶의 방향도, 나를 둘러싼 환경도 계속 달라지니까 말이야. 중요한 건 그 변화 속에서도 내가 좋아하고 잘할 수 있는 걸 붙잡고, 그걸 조금씩 더 단단하게 내 것으로 만들어 가는 거야.

지금 이 글을 읽고 있을 십대 친구들에게 꼭 해 주고 싶은 말이 있어. 내가 무엇을 좋아하는지, 어떤 일을 해야 할지 잘 모르겠다는 생각이 들어도 너무 걱정하지 않았으면 해. 아직 몰라도 괜찮아! 어쩌면 평생 동안 헤매야 할지도 모르지. 중요한 건 멈추지 않고, '나만의 방향'을 향해 한 걸음씩 나아가는 거야. 지금 당장 정답을 몰라도 괜찮아. 대신 나만의 질문을 품고 계속해서 그 답을 찾아 나가다 보면, 그게 결국 나만의 삶을 만드는 가장 멋진 방법 아닐까?

정해진 길 말고, 내가 만든 길

세진

요즘 내가 제일 답하기 어려운 질문이 뭔지 알아? 바로 "어떤 일 하세요?"야. 나는 선생님이기도 하지만 영어와 중국어를 통역하기도 하고, 누군가의 마음을 다정하게 번역하는 번역가이기도 해. 카페를 운영하는 사장이기도 하고, 감정을 음악으로 옮기는 작곡가이기도 하고, 이야기를 글로 풀어 내는 작가이기도 해. 콘텐츠를 만들고, 목소리를 담고, 생각을 전하는 크리에이터이기도 하지.

회사에서 일할 때도 콘텐츠를 만들 때도, 늘 마음 한편이 허전하다고 느낄 때가 많았어. 일은 잘하고 있는데 더 이상 재미있게 느껴지지 않았지. 나로서 온전하게 서는 삶을 찾고 싶었어. 그러다 알게 됐어. 어느 날, 밤새워 만든 영상을 올렸는데, 한 댓글이 눈에 들어왔어.

"오늘 하루 버틸 힘이 생겼어요. 고맙습니다."

누군가의 하루에 나의 말이 작은 불빛이 된 거야.

그 순간 깨달았어. 나는 단순히 콘텐츠를 만드는 사람이 아니라 마음을 건네는 일을 하고 있었다는 걸. '좋아요'나 조회 수보다 중요한 건 내 언어가 누군가에게 가 닿았다는 사실이었어.

내가 가고 싶은 길을 찾은 뒤에도 고민은 사라지지 않았어.

"내가 이 길에 계속 있어도 되는 걸까?"

"지금 이 방식이 정말 맞는 걸까?"

선생님이 된 뒤에는 같은 질문이지만, 또 다른 깊이와 방향에서 고민이 시작됐지.

"내가 이 길에 계속 있어도 되는 걸까?"

"지금 이 방식이 정말 맞는 걸까?"

나도 여전히 나에게 질문하는 중이야. 그 질문조차 내

가 걸어가는 길의 일부라는 걸 이제는 알아.

　나는 내가 있는 공간을 수업에 녹여 내는 걸 좋아해. 주변에서 들리는 말, 눈에 보이는 색, 거리의 냄새 같은 걸 언어 수업 속에 조용히 스며들게 하지. 그래서 도시마다 수업의 결도 조금씩 달라졌어.

　런던에서는 일상의 언어를 중심으로 수업을 만들었어. 브릭레인 마켓 옆 작은 카페에 앉아 영국 드라마를 보거나 거리에서 들리는 버스킹 음악을 들으며 빈칸 채우기를 만들고, 시장에서 현지인들이 쓰는 표현을 모아 회화 연습 자료를 구성했지. 학생들에게는 "내가 만약 런던을 여행 중이라면, 이 표현은 어떤 상황에서 사용할까?" 하고 묻는 식이었어.

　파리에서는 어떤 장면을 담은 사진을 보고 내가 느낀 감정을 이야기하는 수업을 했어. 마레 지구의 거리 모습이나 노천카페에서 커피를 마시고 있는 사람들을 사진으로 찍어 보여 주고, 그곳에 있다면 어떤 말을 하고 싶을지를 물었어.

너희도 낯선 언어로 이야기할 때 어떻게 말을 시작해야 할지 두려울 때가 있을 거야. 특히 중국어는 성조가 있어서 더 어색하게 느껴질 수 있어. 그래서 베이징에서는 낯선 언어에 대한 두려움을 물리칠 수 있도록 돕는 수업을 하곤 했어.

내가 이런 수업을 하는 이유는 단어만 줄줄이 암기하는 수업이 아니라 내가 느낀 감정을 외국어로 말할 수 있는 방식을 학생들에게 가르치고 싶기 때문이야. 언어는 단순히 말의 전달이 아니라 내 감정을 전달하는 행위라는 것도 알려 주고 싶었어. 내 수업은 교재보다 공간에서, 문법보다 질문에서 출발해. 우리 주변에 존재하는 언어로부터 말이야.

나는 나만의 수업 방식으로, 나만의 언어로 학생들과 소통하고 있어. 학교나 학원이라는 안전하고 고른 길이 아니라 누구도 걷지 않은 길을 가고 있지. 가끔은 길이 끊기고 수풀에 막혀서 아무것도 보이지 않지만, 그래도 돌아가지 않아. 내가 가는 길은 결국 나만이 만들 수 있는 길이니까.

나만의 길을 만든다는 건 꼭 누군가에게 보여 주기 위한 게 아니어도 좋아. 성공이나 정답을 향하지 않아도 내가 나답게 살아가기 위한 과정이니까 말이지. 그리고 너희도 알아줬으면 해. 지금 당장 눈앞에 길이 보이지 않아도 괜찮아. 수많은 길 중 하나를 선택하지 못했다고 해서 삶이 멈춘 건 아니야. 너희는 아직 그 길을 만드는 중일 뿐이니까.

나도 여전히 그래. 매일 조금씩 새로운 길을 개척해 나가고 있어. 그 과정에서 비틀거리기도 하고 잠시 앉아 쉬기도 해. 그러다가 내가 지금까지 걸어온 길을 뒤돌아보면 그 모든 순간이 모여 만든 아주 멋지고 아름다운 길이 펼쳐져 있을 거야.

SNS는 정말 시간 낭비일까요?

"SNS는 인생 낭비이다."

영국 축구 클럽 맨체스터 유나이티드의 감독이었던 알렉스 퍼거슨 경이 한 유명한 말이야. 이 말을 들어 본 친구도 많을 것 같아. 어떤 친구는 고개를 끄덕이며 공감할 수도 있겠지. 나도 짧은 영상에 푹 빠져서 정신 없이 넘기고 있는 나 자신을 볼 때면 '진짜 시간 낭비다.'라는 생각이 들기도 하거든.

교실에 들어가면 어떤 반이든 비슷한 풍경이 펼쳐져. 다들 휴대폰을 손에 들고 화면을 바라보고 있지. 뭘 그렇게 열심히 보고 있나 싶어서 슬쩍 들여다보면 유튜브 쇼

츠, 인스타그램 릴스 같은 짧은 영상이 끝도 없이 넘어가고 있어. 무슨 영상이냐고 물어보면 "그냥요."라는 대답이 돌아와. 특별한 이유가 있어서 보는 게 아니라 습관처럼 앱을 켜고 손가락으로 툭툭 넘기고 있는 거야.

그렇지만 나는 SNS를 무조건 나쁘다, 쓸모없다고 생각하진 않아. 오히려 요즘은 SNS를 통해 내가 좋아하는 것, 잘하는 것을 보여 줄 수 있는 시대잖아. 꼭 유명인이 아니라도 꾸준히 기록하고 공유하다 보면 누군가에게 발견될 수도 있고, 나만의 기회를 만들 수도 있어. SNS는 어떻게 사용하느냐에 따라 시간 낭비가 될 수도 있고, 기회의 문이 될 수도 있는 거야.

나도 처음에는 추억하기 위해 단순한 기록으로 시작했어. 과외를 하게 되면서 인스타그램 계정을 새로 만들었지. 수업 준비 과정, 학생들과 주고받은 대화, 학생들의 자격증 합격 소식, 내가 만든 자료 같은 걸 하나씩 올렸을 뿐이야.

주변에 나처럼 학교 밖에서 수업하거나 교사의 길을 걷는 친구가 거의 없었기 때문에 나에게 SNS는 일종의 교무실이자 스터디 모임 같은 공간이었어. 현실에서 같은 고민을 나눌 사람이 없었기에 온라인에서 만난 선생님들과 서로 수업 준비에 도움이 되는 자료를 공유하고, 각자의 고민을 나누는 모든 순간이 정말 큰 힘이 됐거든.

내가 인터넷 강사가 될 수 있었던 것도 사실 SNS 덕분이라고 이야기했던 것 기억나니? SNS는 내가 어떤 사람인지, 어떤 일을 어떻게 해 왔는지 말하지 않고도 보여 줄 수 있는 가장 강력한 수단이었어. 무언가를 꾸며서 보여 준 게 아니라, 그냥 내가 좋아서 하는 일을 꾸준히 기록했던 것뿐인데, 누군가에게는 가능성으로 보였던 거지.

책 읽는 걸 좋아한다면 인상 깊었던 문장을 직접 필사해서 사진과 함께 공유해 보는 건 어때? 필사하다 보면 그 문장을 왜 좋아하게 되었는지 곱씹게 되고, 자연스럽게 자신의 언어로 감상을 쓰는 힘도 생기게 돼. 길게 쓰지 않아도 괜찮아. 짧은 문장 하나, 짧은 느낌 하나면 충분해. "나도 이 책 좋아해요." "이 문장 진짜 공감돼요."처럼 너희가 올린 글에 반응하는 사람도 하나둘 생길 거야. 그렇게 비슷한 취향의 사람들과 연결되다 보면 언젠가 출판사 서평단 활동, 독서 토론 모임, 작가와의 만남 이벤트 등에 참여할 수 있는 기회도 생길 수 있어.

혹시 글 쓰는 걸 좋아한다면 네가 쓴 일기나 짧은 에세이도 살짝 공유해 보는 건 어때? 꼭 대단한 주제가 아니어도 괜찮아. 오늘 하루 동안 있었던 일 중에 기억에 남는 순간 혹은 혼자 생각해 본 사소한 고민도 좋아. 네가 쓴 글이 누군가에게 위로가 되거나 공감을 얻을 수도 있어. 그렇게 점점 더 많은 글을 쓰다 보면 네 글이 잡지에 실리거나 온라인 매체에 소개될 기회가 생길 수도 있고, 블로그나 브런치 같은 플랫폼을 운영할 수도 있겠지.

그림 그리는 걸 좋아한다면 완성된 작품이 아니어도 괜찮아. 연습 중인 드로잉, 낙서, 색칠 과정, 좋아하는 캐릭터 따라 그리기 등 너만의 기록을 남겨 봐. 처음에는 아무 반응이 없을지 모르지만, 꾸준히 올리다 보면 너의 그림을 흥미롭게 보는 사람이 분명 나타날 거야. 그러면 누군가가 이모티콘 제작을 제안할 수도 있고, 굿즈로 만들어 판매하는 기회도 생길 수 있어. 유명 작가의 책에 삽화를 그리는 일, 좋아하는 유튜버의 영상에 그림이 삽입되는 일 같은 기회도 아주 작고 소박한 기록에서 시작되기도 하거든.

사진 찍는 걸 좋아해도 마찬가지야. 풍경 사진이든, 친구와의 일상 사진이든, 음식 사진이든 나만의 시선으로 바라본 세상을 기록하는 거야. 거기에 짧은 글을 덧붙여 보는 것도 좋고. 나중에는 사진 공모전에 나가거나, 전시회에 참여할 수도 있고, 포토 에세이를 만들어 볼 수도 있어. 요즘은 휴대폰 하나만으로도 누구나 콘텐츠 크리에이터가 될 수 있는 시대니까.

꼭 무언가를 '잘'해야만 SNS를 할 수 있는 건 아니야. 어설프게 시작해도 괜찮아. 중요한 건 '기록'이야. 내가 뭘 좋아하는지, 어떤 걸 하고 싶은지를 하나하나 보여 주는 일이야. 이건 마치 포트폴리오를 차곡차곡 쌓아 가는 과정과 같아.

중요한 건 SNS를 왜, 어떻게 쓰느냐야. 단순히 시간 때우는 도구로만 쓰기에는 아깝잖아. SNS를 내가 좋아하는 걸 찾기 위한 도구로, 나를 표현하는 창구로, 내 가능성을 드러내는 기록지로 쓴다면 지금은 상상하지 못했던 새로운 기회가 하나둘 열리기 시작할 거야.

'이게 나야!'라고 보여 줄 수 있는 작은 무언가부터 시작해 봐. 그게 그림이든, 글이든, 사진이든, 영상이든 말이야.

어디서부터 시작할지 고민된다면 오늘 하루 중에 가장 마음에 남았던 장면 하나를 떠올려 봐. 그리고 그걸 한 줄로 적어서 사진과 함께 올리는 거야.

세상은 누군가의 아주 사소한 기록에서 시작된 이야기로 가득하더라고. 너희의 기록이 언젠가 누군가에게 영감이 될 수도 있고, 너희 자신에게도 커다란 기회가 될 수 있었으면 좋겠다.

4

성적표 밖에 있는
100점짜리 행복

정답 기계가 아닌 질문하는 인간

혹시 너희도 실수할까 봐 자꾸 움츠러들고, 머릿속에 있는 정답만 말하려고 애쓰고 있니? 나도 '괜히 틀렸다가 친구들이나 선생님이 이상하게 보면 어떡하지?' '나만 모르는 건가?' 하는 생각 때문에 손을 들고 싶어도 망설였던 적이 참 많거든.

학창 시절의 나는 뭐든 완벽하게 해내고 싶었어. 발표도, 수행 평가도, 시험도, 체육 대회 장기자랑까지도 말이야. 남들이 보기에 항상 준비된 사람이고 싶었고, 실수라도 하면 모든 게 무너질 것 같았지. 틀리지 않기 위해 늘 긴장한 채로 있었어.

중국에서 대학을 다닐 때 문학 작품을 분석하는 수업을 들은 적이 있어. 한 조가 발표를 끝낸 뒤 교수님이 내게 작품의 특정 장면에 대한 느낌을 물어봤어. 나는 얼어붙은 채 대답을 망설였어. 교과서에 나온 해석만 떠올랐거든.

수업 시간에, 그것도 교수님이 정답이 아닌 내 생각을 물어봤다는 사실이 낯설게 느껴졌어. 정해진 답을 외우기만 하다가 생각을 말하는 건 쉽지 않은 일이었어. 이제는 내 안에 있는 걸 꺼내야 한다고? 당황스러웠지. 교수님은 해석은 다양할 수 있고, 정답이 아니어도 괜찮다고 말씀하셨어.

나는 그때부터 교과서 밖에 있는 것을 공부하기 시작했어. 사람들 속에서 누군가의 시선을 배려하고, 다른 문화권 친구와 함께 지내며 사고의 틀을 넓혔어. 나는 조금씩 정답 외우는 기계에서 벗어나 질문하는 인간으로 바뀌어 갔지.

하지만 변화라는 건 단번에 찾아오지 않아. 어떤 날은 '내 생각을 말해도 괜찮을까?' 하는 걱정이 앞섰고, 또 어떤 날은 말하다가 엉켜 버린 문장에 스스로 실망하기도 했지. 그래도 포기하지 않았어. 생각을 숨기기보다는 꺼내려 했고, '왜 그럴까?'를 입에 달고 살았어. 그렇게 나도 모르게 조금씩 바뀌어 간 거야.

지금 내가 학생들과 수업하면서 그때의 기억을 잊지 않으려 하는 것도 바로 그런 이유 때문이야. 한 친구가 말했거든. "여기선 틀렸다고 혼내지 않아서 좋아요." 나는 그 말을 듣고 괜히 마음이 찡했어. 나도 그랬거든. 정답이 아닌 생각을 말해도 괜찮다고, 누군가 내 이야기를 진심으로 기다린다는 그 경험이 얼마나 큰 힘이 되는지 나도 겪었으니까.

중국에서 배운 건 언어나 공부만이 아니었어. 내 마음을 스스로 들여다보고 말하는 연습, 누군가의 이야기를 끝까지 듣는 태도 그리고 틀려도 다시 말하는 용기였어.

실제로 핀란드나 영국의 교실에서는 "왜 그렇게 생각했어?" "넌 어떻게 생각해?" 같은 질문이 아주 자연스럽게 오간대. 친구끼리 서로 다른 생각을 나누면서 자연스럽게 '다양성'을 배우는 거지. 이제는 단순 암기보다 문제를 스스로 분석하고, 질문하고, 창의적으로 해결하는 능력이 더 중요하게 여겨지고 있어.

왜일까? 우리가 살아갈 미래는 시험지처럼 문제와 답이 딱 맞춰 있는 세상이 아니거든. 오히려 "이건 왜 이렇지?" "어떻게 하면 더 나을까?" 하는 질문을 던지는 사람 그리고 답이 없어도 끝까지 탐색하는 사람이 필요해질 거야.

한국에서는 누가 발표를 끝내고 "혹시 질문 있으신 분?" 하고 물으면 대부분 조용해져. 눈은 바닥을 보고 있고 절대 먼저 손을 들지 않아. 괜히 내가 질문하면 분위기 깨는 건 아닐까, 너무 튀지 않을까 걱정되거든.

그런데 이건 용기가 없는 게 아니라 틀리면 안 된다는 마음이 너무 강해서 그래. 우리 안에 '틀리면 창피해지는 문화'가 아직도 남아 있는 거지. 그래서 너희가 그 고리를 끊는 첫 번째 사람들이 되었으면 좋겠어. 조용한 교실에서 가장 처음 손을 드는 사람이 될 수 있다면, 그 자체로 이미 대단한 시작이야.

진화론을 발표한 과학자 찰스 다윈도 그랬어. 누구도 의심하지 않던 자연의 질서 속에서 "진짜 그런 걸까?" 하고 물었고, 오랜 관찰 끝에 '생명은 끊임없이 변화한다.'는 새로운 시선을 세상에 내놓았지. 처음에는 반대도 많았지만 결국 그 질문 하나가 인류가 자연을 바라보는 방식을 완전히 바꿔 놓았어.

혹시 '이건 왜 이럴까?' 하고 궁금해진 순간 혹은 '다르게 생각하면 안 되나?' 싶었던 적이 있니? 그 질문은 절대 사소한 것이 아니야. 지금은 별 볼 일 없고 엉성해 보여도 언젠가 세상을 바꿀지도 몰라.

그러니 오늘 하루, 딱 한 번 용기 내서 무언가 질문하는 건 어때? 수업 시간에 손을 들어도 좋고, 친구에게 "넌 어떻게 생각해?"라고 물어보는 것도 좋아. 아니면 좋아하는 영상에 댓글로 질문을 남겨도 돼. 어떤 방식이든 좋아. 달라도 괜찮아. 틀린 게 아니니까.

그러니까 망설이지 말고 마음속에 떠오르는 궁금증을 표현해 봐. 어떻게 하냐고? 수업 시간이나 책을 읽다가

'이건 왜 이럴까?' 하고 궁금한 게 생기면 그냥 넘기지 말고 메모장이나 공책에 살짝 적는 거야. 그런 다음 그 질문을 구체적으로 바꿔 봐. 예를 들어 '왜?'라고만 묻지 말고, '이게 이렇게 된 이유는 뭘까?' '만약 다르게 된다면 어떻게 될까?'처럼 조금 더 자세하게 말이지.

그리고 너희가 생각하는 답이나 이유를 정리해 봐. 내 생각이 뭐였는지 쓰는 것만으로도 질문이 훨씬 명확해질 수 있어. 이제 그 질문을 친구나 선생님에게 던져 보고, 사람들이 뭐라고 답하는지 귀 기울여 들어 봐. 답을 듣다 보면 새로운 궁금증이 생길 수도 있고, 나와는 다른 생각을 들을 수도 있겠지?

혹시 누가 "그런 건 왜 물어?"라고 해도, 엉뚱한 질문이어도 괜찮아. 오히려 그런 질문이 새로운 생각의 시작이 되기도 하거든. 틀릴까 봐 걱정하지 말고 자신 있게 물어보자. 오늘부터 시작해 보는 건 어때?

우리는 몇 점짜리 인생일까?

학생이라는 이름표를 달고 있는 동안 성적은 마치 그림자처럼 늘 따라다녔어. 성적이 높으면 칭찬을 받고, 주위 사람들로부터 인정도 받지. 반대로 점수가 낮으면 부모님의 실망 섞인 한숨을 듣게 되고, 선생님의 차가운 시선을 마주하게 돼. 나도 예외는 아니었어.

시험지에는 동그라미보다 엑스 표시가 많았고, 성적표를 받아 들면 늘 꼴찌였지. 성적표는 마치 내가 어떤 사람인지 설명하는 유일한 기준처럼 느껴졌어. 성적이 낮다는 이유만으로 스스로를 무가치하게 여겼고, 꿈꾸는 것조차 사치로 느껴졌으니까.

특히 나는 암기 과목이 너무 약했어. 사회나 국사 같은 과목은 교과서를 보면 볼수록 외워야 할 게 너무 많아서 어디서부터 시작해야 할지 너무 막막한거야. 내가 유일하게 그래도 나쁘지 않다고 느껴진 과목이 수학이었어.

어느 날, 공부를 잘하던 친구가 수학 때문에 고액 과외를 받는 걸 보며 이런 생각이 들더라고.

'저 친구도 부족한 걸 채우기 위해 과외까지 받는구나. 나도 수학만큼은 조금 더 해 볼 수 있지 않을까?'

수학 점수를 더 끌어올리면 대학 문턱에 조금이라도 가까워질 수 있겠다는 생각이 들었어.

당시 우리 집은 맞벌이였어. 엄마는 마트에서 하루 종일 서서 일하셨고, 월급은 고작 칠십만 원 남짓이었지. 내가 받고 싶었던 수학 과외비는 무려 사십만 원. 엄마 월급의 절반 이상이었어. 그 사실을 알고 나니까 엄마에게 죄송해서 쉽게 말을 꺼낼 수 없었어. 그렇지만 속으로 생각했어.

'이걸 포기하면 나는 정말 대학을 가지 못할지도 몰라.'

결국 용기를 내어 조심스럽게 말했어. 엄마는 조금도

망설이지 않고 말했어.

"네가 대학에 갈 수 있다면 어떻게든 다 지원해 줄게."

그 한마디에 눈물이 날 것 같았어. 그때 알았지. 나는 이 시간을 절대 헛되게 만들면 안 되겠다고.

그렇게 해서 나는 육 개월 동안 수학 과외를 받게 됐어. 내게는 단순한 수업이 아니었어. 엄마의 한 달 중 절반 이상의 시간 그리고 그 시간만큼의 체력을 바꾼 값이었지. 내가 과외를 받는 동안 엄마는 더 오래 서서 일해야 했고, 더 피곤한 하루를 견뎌야 했어. 그 생각을 하니까 마음이 무거웠고, 그래서 더 간절해졌어. 나는 무조건 대학에 가야만 했어.

결국 나는 대학에 갔고, 그곳에서 새로운 세상을 알게 되었어. 학창 시절의 나는 늘 같은 교실, 같은 친구, 같은 문제집 안에서만 살아왔잖아. 나는 무조건 성적만 높으면 다 해결될 줄 알았는데 대학에서는 전혀 다른 세상이 펼쳐졌지.

다양한 지역, 배경을 가진 사람들이 모였고, 생각도 말투도 살아온 방식도 모두 달랐어. 어떤 친구는 발표를 잘

했고, 어떤 친구는 뛰어난 외국어 실력을 가지고 있었고, 또 어떤 친구는 사람을 웃게 만드는 재주가 있었어. 다들 한 가지씩은 빛나는 구석이 있었지.

그걸 보며 나도 생각했어. '나만의 무기는 뭘까?' 그리고 중국어에서 답을 찾았어. 틀려도 계속하고 싶었고, 더 잘하고 싶었어. 내가 처음으로 스스로를 '괜찮은 사람'이라고 느낀 순간이었어.

그렇게 나는 점수로는 보이지 않던 '내가 잘할 수 있는 일'을 처음으로 찾아낸 거야. 그건 내가 그걸 '좋아했기' 때문이야. 그리고 좋아하는 걸 꾸준히 붙잡고 있으니, 결국 지금은 학생들을 가르치는 사람이 되었지.

성적이 높으면 선택지가 넓어지는 건 사실이야. 하지만 성적이 낮다고 해서 너희의 가능성이 모두 사라지는 건 아니야. 점수 안에 스스로를 가두지 마. 지금은 국어, 수학, 영어라는 과목으로 너를 평가받고 있을지 몰라도, 사실 너희는 네가 만든 과목에서도 충분히 '1등'이 될 수 있는 사람이거든.

중요한 것은 남이 정한 기준으로 점수를 매기는 게 아

니라, 내가 나를 어떻게 채워 가고 있는지야. 지금은 꼴찌여도 괜찮아. 성적이 낮아도 괜찮아. 그 점수 안에 스스로를 가두지 않았으면 해. 성적이라는 숫자 안에 너희만의 가능성과 잠재력까지 묶어 두지 않았으면 좋겠어.

대신 너희가 좋아하는 것을 찾는 거야. 요리를 좋아한다면 자신만의 레시피를 기록하는 것도 좋아. 그림을 잘 그린다면 나만의 캐릭터를 만들 수도 있고, 책을 좋아한다면 독서 후기를 쓰는 것도 좋은 방법이야. 말하기, 글쓰기, 편집, 탐구, 창작······. 어떤 것도 괜찮아.

그러니 지금부터 나만의 성적표를 새로 써 보자. 각자의 속도로 좋아하는 걸 하나씩 채우다 보면 그 성적표가 나답게 살아갈 수 있도록 이끌어 줄 거야. 그렇다면 우리의 인생은 100점짜리 인생이 되지 않을까?

저, 대한민국 가요!

너희도 말로는 옮기기 어려운 마음이 있니?

중국에서 국제 학교를 다니는 한국 학생들을 가르친 적이 있었어. 언어를 세 가지나 사용해야 했던 친구들이 있었는데 학교에서는 영어로 수업을 듣고, 집에서는 가족과 한국어로 대화하고, 친구들과는 중국어도 섞어서 말하는 환경이었지. 사용하는 언어가 세 개나 되니 나의 언어는 무엇일까 헷갈려 하는 것 같았어.

어떤 친구는 한국어 발음이 어색하다고 놀림받았고, 또 다른 친구는 한국어가 더 편한데 자꾸 영어로 말하라고 하니까 자기가 하고 싶은 말을 다 꺼내지 못하니 답답하다고 했어. 서툰 언어 실력으로 내 의도와 다르게 표현될까 봐 걱정스러웠던 거지.

사실 나도 그 마음 잘 알아. 나도 외국어를 처음 배울 때 '이렇게 말하면 이상하게 들릴까?' '웃음거리 되면 어떡하지?' 하는 생각에 하고 싶은 말을 다 하지 못하고 입을 꾹 닫았던 적이 많거든.

나는 수업할 때마다 교재보다 먼저 친구들의 얼굴을 봤어. 단어 하나 말할 때도 눈치 보고, 말하다가도 금방 입을 다무는 모습이 내 옛날 모습이랑 닮았더라. 그래서 나는 틀린 걸 바로 고치기보단 그 틈에서 어떤 마음이 나오는지 더 궁금했어.

어느 날 수업에서 한 친구가 갑자기 손을 들고 말했어. "선생님, 저 다음 주에 대한민국 가요!" 순간 교실이 조용해졌고, 몇몇 친구는 피식 웃었지. 나도 처음에는 웃음이 나왔어. 너희는 어때? 한번 직접 말하며 따라 읽으면 알 수 있을 거야. 보통은 '한국 가요!'라고 할 텐데 '대한민국 가요.'라는 말이 어색하게 들렸거든.

그런데 평소 같으면 모두 웃고 지나갔을 말이 계속 생

각나더라고. 집에 가는 길에도 혼자 있을 때도, 귓가에 자꾸 맴돌았어. 곰곰이 생각했지. 그러다 깨달았어. 나는 그 친구의 용기를 부러워하고 있다는 걸 말이야. 자기의 마음을 말하고 싶었던 것 같아. 자연스러운 표현은 잘 알지 못하더라도 말이지. 그 순간만큼은 자기가 어디에 속하고 싶은지, 뭘 좋아하는지 모두에게 이야기하고 싶었던 거야.

그 친구는 남들에게는 어색하게 들릴 수도 있지만 자신이 하고 싶은 말을 했어. 문법에 맞지 않거나 상황에 어울리지 않는 단어를 썼다는 사실은 중요하지 않아. 자기 마음을 꺼냈다는 사실이 더 멋졌지. 그때 처음 알았어. 자존감이라는 게 꼭 '나는 이런 사람이에요.'라고 멋지게 말하는 게 아니라, '이렇게 말해도 되나?' 싶어도 그냥 내 마음을 내 목소리로 꺼내는 용기일 수도 있다는 걸.

너희에게 소개하고 싶은 순간이 하나 더 있어. 하루는 단어 맞히기 게임을 했어. 다른 친구들은 계속 맞히고 싶어 하는데 한 친구가 끝까지 말이 없더라고. 발표할 때도 항상 목소리가 작고 틀리면 얼굴이 빨개지던 아이였어.

내가 "이 단어 아는 사람?" 하고 물었을 때, 그 친구가 조용히 손을 들었어. 망설이다가 입을 열었는데 정답은 아니었어. 나도 모르게 '아깝다!' 하고 말하려던 걸 삼켰어. 대신 그 아이에게 이렇게 말했어. "지금 이 순간에 제일 멋있었던 사람은 너였어." 고개를 푹 숙였던 아이 얼굴이 조금씩 펴지더라.

수업이 끝나고 그 아이가 내게 쪽지를 줬어. '선생님, 오늘 기분이 좋아요. 제가 똑똑해진 것 같았어요.' 짧은 글이었지만 그 친구가 자신의 마음을 내게 말해 줬다는 사실이 정말 기뻤어. 그 순간 나는 다시 한번 깨달았어. 자존감은 '틀릴 수 있어도 해 보겠다.'는 마음에서 자라는 것이라는 걸.

혹시 너희도 입 밖으로 꺼내면 이상할 것 같고, 다른 사람이 들으면 비웃을까 봐 삼켰던 말이 있지 않니? 그렇지만 마음속에서는 당장 밖으로 꺼내고 싶어서 부풀어 오르는 말도 있었을 거야. 오늘은 그 말을 소리 내서 말하면 어때? "나, 이런 거 좋아해." "나, 이런 게 힘들어." "나, 사실 이런 꿈이 있어." 다른 사람이 웃어도 괜찮아. 사람들과 나는 같을 수 없어. 모두가 서로 다른 사람이니까.

나는 아직도 가끔 "저 대한민국 가요!"라는 말이 떠올라. 어딘가 어설프고 조금 이상했지만 그 속에 담긴 당당하게 자신의 이야기를 꺼낼 수 있는 용기가 말이야.

너희는 어때? 좀 이상해도, 말이 매끄럽지 않아도, 너희만의 방식으로 이야기해 보자. 다른 사람들, 다른 세상이 원하는 말 말고, 너희가 생각하는 그 말을 해 보는 거야. 오늘은 그중 하나만 골라서, 조용히 입 밖으로 꺼내봐. 조심스러워도, 어색해도 괜찮아. 내 생각을 꺼낸다는 건 아주 용감한 일이야!

스무 살에 알게 된 진짜 공부법

'꼴찌' 하면 어떤 이미지가 떠올라? 선생님의 말씀은 흘려듣고, 수업 시간엔 멍하니 창밖만 바라보거나 책상에 엎드려 꾸벅꾸벅 조는 모습이 먼저 떠오르지는 않니?

나도 그런 학생이었냐고? 의외겠지만 아주 성실한 모범생이었어. 누구보다 수업 시간에 집중하는 학생이었지. 선생님이 설명하는 내용을 빼먹지 않으려고 열심히 필기를 했고, 집에 가서는 인터넷 강의도 빠짐없이 챙겨 들었어. 수강률 백 퍼센트를 채우는 게 목표였을 정도야.

그런데 이상하지? 그렇게 열심히 했는데도 내 성적은 늘 바닥이었어. 나는 왜 이렇게 머리가 나쁜 걸까 자책도 많이 했지. 그런데 시간이 흐르고 나서야 그 이유를 조금씩 알게 됐어. 학창 시절의 나는 공부하는 방법을 잘 몰랐더라고.

나는 남들이 좋다고 하는 강의는 무조건 다 찾아 듣는 '프로수강러'였어. 공부에 대한 의지와 욕심만큼은 누구에게도 뒤지지 않았지. 내 수준이 어느 정도인지도 모른 채 그냥 다다익선이라는 마음으로 무작정 강의를 많이 듣기만 했거든. 듣는 것보다 더 중요한 그날그날의 수업을 복습하고, 다시 정리하고, 내 것으로 만드는 과정이 빠졌던 거야.

내 노트와 교과서는 정말 화려했어. 삼색 볼펜, 형광펜으로 알록달록하게 정리된 필기만 보면 누구라도 공부를 잘하는 친구라고 생각할 만큼 그럴듯했어. 하지만 열심히 한 필기는 손에 스쳐 지나갈 뿐이었어. 머리에 기억되는 것은 없었지. 시험지는 여전히 오답으로 가득했어.

대학교 1학년 때, 나는 처음으로 '공부는 이렇게 하는 거구나.'라는 걸 조금씩 알게 됐어. 그 계기는 아주 우연하게도 '중국 지리학'이라는 전공 수업이었어. 그런데 수업을 듣다 보니, 생각보다 만만치가 않더라고. 교수님이 매주 과제를 냈는데, 중국 지도 위에 성省의 이름과 위치를 정확히 표시해 오라는 거였어. 중국의 성은 우리나라로 치면 경기도, 강원도처럼 도道에 해당하는 지역 단위야. 무려 서른 개가 넘는 성이 있으니, 그 이름을 다 외우는 것부터가 진짜 큰일이었지.

나는 특히 지리 과목에 약했거든. 암기 과목은 전부 힘들어했어. 고등학교 때도 사회나 국사 과목을 외우는 게 정말 힘들었고, 지도만 보면 머릿속이 하얘졌어. 지명이 왜 그렇게나 많은지. 어디가 어딘지도 모르겠고, 시험이 끝나면 그날 외운 건 바로 머리에서 다 빠져나갔던 기억뿐이야.

그래서 처음에는 이번에도 대충 넘길까 싶었어. 늘 그래 왔던 것처럼 말야. 그런데 이상하게도 이번에는 좀 달랐어. '중국'이었기 때문이었을까? 내가 좋아하는 중국어가 들어간 수업이라 그런지, 나도 모르게 이 수업만큼은 제대로 하고 싶다는 마음이 들더라고. 그 순간이 나에게는 작지만 큰 전환점이었던 것 같아.

나는 처음으로 공부 계획을 짰어. 어떻게 해야 더 많이 외울 수 있을지 고민했지. 지도 하나를 인쇄해서 책상 옆 벽에 붙이고, 눈에 익을 때까지 아침마다 들여다봤어. 그리고 손으로 지도 위에 성 이름을 하나하나 쓰면서, 위치와 글자를 동시에 익혔지. 하루에 세 개씩만 외우자는 계획을 세우고, 복습도 꼬박꼬박 했어.

내가 그렇게 공부한다는 것 자체가 신기했어. 이전 같으면 '어차피 못 외워.' 하며 빠르게 포기했을 텐데, 이번에는 나도 외울 수 있겠다는 생각이 들었어. 물론 헷갈리는 것도 많고 시험 전에 머리가 터질 것 같았지만, 분명한 건 처음으로 내가 공부를 주도한다는 느낌이 들었다는 거야. '공부는 이런 거구나.'라는 걸 그때 처음 배운 것 같았어.

교수님께서 수업 시간에 이런 말씀을 하셨던 게 아직도 기억나.

"지명은 단순한 정보가 아니라, 그 나라를 이해하는 첫 번째 단서다."

그 말을 듣고 이름의 역사와 문화를 생각하면서 외우려고 했어. 예를 들면 '산둥성山東省'은 동쪽에 산이 있는 성이라는 뜻이고, '쓰촨성四川省'은 네 개의 강이 흐른다고 해서 붙여진 이름이래. 그런 배경을 알고 나니까 외우는 것도 한결 쉬워졌고, 여행하는 기분이 들더라. 이 경험 덕분에 조금은 다른 시선으로 공부를 바라보게 됐어. 그냥 앉아서 암기하는 게 아니라, 내 방식대로 접근하고, 이해하고, 반복하면서 익혀 나가는 게 진정한 공부라는 걸 말이야.

중국 지리학 수업 덕분에 나는 중국이라는 나라를 더 입체적으로 이해하게 됐고, 그걸 바탕으로 나중에 교환학생을 준비할 때도 큰 도움이 됐어. 실제로 중국에 가서도 '이곳이 그때 외웠던 지명이구나.' '이 성은 이런 특색이 있었지.' 하며 배운 것을 연결하는 재미가 있었어. 그게 나중에 내가 중국어 교사가 되는 데까지 이어졌고, 수업을 준비할 때마다 그때 공부했던 경험이 나를 도와주고 있어.

나는 암기라는 건 눈으로 보기만 해서는 절대 내 것이 되지 않는다는 걸 알게 되었어. 그동안 나는 그냥 눈으로만 읽고, 입으로만 중얼거리면 외워질 거라 생각했거든. 그런데 아니더라고. 손으로 쓰고, 눈으로 보고, 입으로 말하면서 반복해야만 내 머릿속에 남는다는 걸 그제야 깨달았어. 그리고 무엇보다 반복은 절대 배신하지 않는다는 것도 말이야.

나는 이걸 스무 살이 되어서야 비로소 알게 됐어. 그 전까지는 감조차 잡지 못했지. 어렴풋이 '공부는 반복이 중요하다.'는 말은 들어 봤지만, 그걸 내 방식으로 만든 건 이 수업이 처음이었지. 물론 어떤 친구들은 '그걸 이제 알았다고?' 하고 생각할 수도 있을 거야. 맞아, 누군가에게는 너무나 당연한 이야기일 수 있어.

그런데 말이지, '안다'와 '실천한다'는 전혀 달라. 머리로는 암기는 반복이 중요하다는 걸 알면서도, 실제로 손에 펜을 들고 공책을 펼치는 건 정말 어려운 일이야. 안다고 해서 자동으로 하게 되는 게 아니더라고. 중요한 건 알면서도 실천하는 사람이 되는 거야. 그리고 그 실천을 끝까지 포기하지 않고 밀어붙일 수 있는 끈기와 태도, 마음 가짐이 필요하지. 그때 알았어. 공부는 머리 좋은 사람이 아니라 끈질긴 사람이 이기는 게임이라는 걸 말이야.

누군가는 중학교 때 이미 자기가 어떤 방식으로 공부해야 효과가 좋은지 알았지만 나는 스무 살이 되어서야 그 감을 잡았어. 조금 늦었다고 생각할 수도 있지. 하지만 늦든 빠르든 알고도 하지 않는 것보다 '이제라도 알았고, 그래서 해 보겠다.'는 마음이 중요하지 않을까?

그러니까 혹시 지금 이 글을 읽는 너희도 공부가 어렵고 자신이 없고 방법을 몰라 막막하다면, 너무 낙심하지 않았으면 해. 반드시 언젠가는 나에게 맞는 방법을 찾게 될 거야. 그게 오늘일 수도 있고, 내일일 수도 있고, 조금 더 시간이 걸릴 수도 있어. 방법을 찾을 수 있도록 열심히 시도해 보자. 기억할 것은 지금 너희의 노력이 헛되지 않다는 사실이야. 그리고 그걸 반복하며 스스로에게 기회를 주는 사람이 결국 가장 멀리 간다는 걸 잊지 않았으면 좋겠어.

내가 사랑하는 삶

나는 내 하루가 행복하길 바라고, 내가 원하며 사랑하는 하루를 보내기 위해 노력하고 있어. 일기장에 전날 밤에 적었던 문장을 보면서 하루를 시작하곤 해. 오늘은 어떤 마음을 담아서 어떤 말을 건넬까 생각하면서 말이야. 그러니까 내 하루는 말로 시작해서 말로 끝이 나는 거지.

영상을 찍기 위해 카메라 앞에 앉기 전에 나는 항상 거울을 봐. 그럼 내 상태가 어떤지 알 수 있거든. 피곤한 날, 설레는 날, 괜히 울컥한 날. 내가 나를 제일 잘 알고 있다고 생각하는데도 거울을 보면 또 다른 내가 있을 때가 있지. 모든 감정은 얼굴에 먼저 드러나거든. 그래서 나는 촬영 전에 꼭 내 눈을 봐. 오늘 내가 어떤 표정으로, 어떤 목소리로 말하고 싶은지를 먼저 확인하는 거야.

내가 올리는 영상 편집도 직접 하고 있어. 편집할 때도 조용한 노래를 넣고 꼭 필요한 말만 남기려고 해. 나의 말과 마음이 더 선명하게 너희에게 닿을 수 있길 바라거든. 영상에서 단어보다 먼저 내 표정을 읽고, 말투의 리듬을 따라가고, 내 마음을 느끼게 말이야. 그게 내가 하고 싶은 교육이야. 짧은 영상이지만, 그 안에 꼭 한 줄의 위로와 용기가 남기를 바라는 마음으로 만들고 있어.

내 영상에는 꼭 필요한 말만 남기려고 해. 나의 말과 마음이 더 선명하게 너희에게 닿을 수 있기를 바라거든. 영상 속에서 단어보다 먼저 내 표정을 읽고, 말투의 리듬을 따라가고, 내 마음을 느끼게 말이야.

영상을 올린 뒤에는 산책을 나가는데, 가끔은 걸으면서 볼 수 있는 예쁜 풍경을 어떤 단어로 설명할 수 있을까 생각하고, 어떤 날은 그 감정을 그림으로 그리고 싶기도 해. 오늘은 수업에서 어떤 이야기를 나눌지 정리해 보기도 하고.

오후에는 학생들을 직접 만나는 수업을 진행하고 있어. 하루에 적으면 네 번, 많으면 다섯 번의 수업이 있는데 모두 일대일 수업이야. 학생들마다 배우고 싶은 것도 다르고, 성격도 다르고, 좋아하는 수업 방식도 달라. 그래서 교재 없이 각자의 개성에 맞춰 수업을 하고 있어.

어떤 친구는 조용히 속삭이듯 말하고, 어떤 친구는 좋아하는 캐릭터 이야기를 하다가 어느새 영어 표현으로 이어지기도 하지. 나는 그 친구의 언어를 먼저 듣고, 그 안에서 단어를 찾아 꺼내. 단어를 가르치기 전에 내가 중요하게 생각하는 것이 있어. 어떤 것일지 궁금하니? 바로 그 친구의 감정과 좋아하는 것을 알아 가는 시간이야.

앞에서도 말한 것처럼 사람들은 익숙하지 않은 언어로는 자신의 감정을 잘 표현하기 어려워하거든. 나는 그걸 도와주는 역할을 하는 거지. 예전에 나도 내 감정을 말로 설명하는 게 어려웠던 시절이 있었다고 이야기했지? 그래서 나는 아이들이 자기 속도를 따라갈 수 있도록 기다려 주고 싶어.

수업 중에는 가끔 수업과는 전혀 상관없는 엉뚱한 이

야기를 하기도 해. "선생님 결혼했어요? 안 했으면 우리 삼촌이랑 결혼해 주세요!" 그 말에 웃음이 터지고, 괜히 긴장되었던 몸도 스르르 풀린다니까. 나는 너희에게 그저 가르치는 사람이 아니라 너희와 함께 이야기하고, 고민을 나누고, 같이 웃는 사람이 되고 싶어. 너희가 마음의 문을 열기를 기다리면서 말이야.

몇 시간씩 말을 하다 보니 목은 쉬고, 몸도 고단하지만 정신만큼은 아주 맑아지는 것 같아. 저녁에는 오전에 올렸던 영상에 달린 댓글을 하나씩 읽어 보는 시간을 가져. 내 일과를 마무리하는 시간이지.

"이 말 듣고 힘이 났어요."

"오늘 영상 덕분에 조금 견디고 싶어졌어요."

그런 말을 보면 내가 전하고 싶었던 용기와 위로가 누군가의 마음에 닿았구나 싶어서, 그게 늘 고맙고 벅차. 고백처럼 들리는 짧은 댓글에는 그 사람의 하루와 그날의 생각이 담겨 있는 것 같아. 나는 그걸 보면서 이 친구의 하루는 어땠을까 상상하기도 해.

모든 일과를 마치고 잠들기 전에는 오늘 하루가 어땠

는지 돌아보며 어떤 얼굴을 만났고, 어떤 말을 건넸는지 다시 한번 생각해 보는 거야. 내가 만든 말이 누군가의 하루에 어떤 모양으로 머물렀을지 상상하지.

내가 하고 있는 일은 생각보다 많은 걸 필요로 해. 반복된 준비, 단어 하나에 담는 진심, 늘 새롭게 마음을 꺼내놓는 용기까지. 일하면 힘들기도 하지만 내가 가장 나다워지는 순간이 이 일에 있어.

인정받고 싶은 마음도, 나와 닮은 친구를 만나고 싶은 바람도, 남들보다 느릴까 봐 조급했던 적도 있었지. 명함 없이도 설명되는 삶, 직함이 아니라 마음으로 증명되는 하루가 나에게는 참 행복한 일상이야. 그리고 내일도 조용한 마음을 언어에 담아 건넬 거야. 너희도 내 이야기를 읽으면서 각자만의 행복한 하루를 찾을 수 있길 바라.

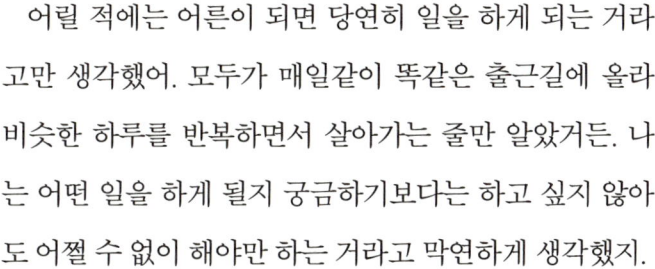

어릴 적에는 어른이 되면 당연히 일을 하게 되는 거라고만 생각했어. 모두가 매일같이 똑같은 출근길에 올라 비슷한 하루를 반복하면서 살아가는 줄만 알았거든. 나는 어떤 일을 하게 될지 궁금하기보다는 하고 싶지 않아도 어쩔 수 없이 해야만 하는 거라고 막연하게 생각했지.

그런데 막상 내가 직접 일해 보니, 일이라는 건 생각보다 훨씬 더 많은 감정과 의미를 품고 있더라. 처음에는 단지 내가 좋아하는 일을 한다는 사실만으로 충분히 만족했어. 그런데 시간이 지나면서 알게 됐어. 내가 하는 일이 누군가의 하루에 혹은 삶에 작게나마 영향을 줄 수 있다는 것이 얼마나 보람차고 가치가 있는 일인지를 말이야.

처음 일을 시작했을 때는 내가 좋아하는 중국어를 가르칠 수 있다는 것만으로도 충분했어. 칠판 앞에 서서 수업을 준비하고, 학생들이 이해할 수 있게 설명하고, 더 쉽고 재미있는 방법을 고민하는 그 모든 과정이 즐거웠거든. 물론 하루하루가 늘 순탄한 건 아니었지. 수업 준비에 진이 빠지기도 하고, 반응이 없을 땐 내 능력에 의심이 들기도 했어.

그런데도 계속 교실에 남아 있고 싶었던 건 이 일이 단순히 내 만족에서 끝나는 게 아니라는 걸 느꼈기 때문이야. 학생들이 내 수업을 듣고 나서 "선생님 덕분에 중국어 실력이 좋아졌어요." "이 과목을 포기하지 않게 됐어요."라고 말해 줄 때면, 그 짧은 한마디에 고단했던 하루가 환하게 빛나는 기분이 들었어. 그 말은 생각보다 깊게 마음속에 파고들더라. 나 혼자 말한다고 느꼈던 시간이 사실은 누군가의 마음에 작은 불씨가 되고 있었다는 걸 알게 된 순간이었지.

그럴 때마다 내가 하고 있는 이 일이 단순히 지식을 전달하는 걸 넘어서 다른 사람의 가능성을 열어 주는 일이라는 걸 실감하게 됐어. 누군가에게는 내가 하는 수업으로 다시 시작해 볼 용기를 얻고, 포기하려던 마음을 붙잡는 작은 계기가 된다는 사실이 내게도 큰 울림이 되었지.

물론 항상 보람차기만 한 건 아니었어. 수업이 끝나고 혼자 울었던 날도 있고, 많았던 수강생이 갑자기 끊겨서 '내가 가르치는 실력이 부족한가?' 싶어 자존감이 바닥까지 떨어졌던 적도 있어. SNS에 글을 올리며 홍보를 하기도 했지만, 몇 안 되는 조회 수에 실망하기도 했지.

그래도 그 모든 시간을 지나오면서 결국 알게 된 게 있어. 내가 진심을 다했던 순간은 반드시 나에게 돌아온다는 거야. 당장 성과가 눈에 띄지 않더라도 내가 보낸 시간과 노력이 분명 어딘가에 닿아 있다는 확신이 생기더라고. 그 믿음 하나로 다시 수업을 준비하고, 글을 쓰고, 내 이야기를 나누고 있어.

그래서 이제 나는 단순히 교실에서 가르치는 사람으로

만 머무르고 싶지 않아. 배움을 멈추지 않는 어른으로, 누군가의 불안한 오늘을 조금 더 단단하게 만들어 줄 수 있는 사람으로 살아가고 싶어.

혹시 남들과 나를 계속 비교하고 있지는 않니? 나도 학창 시절에는 늘 남들과 나를 비교하면서, 학교가 정한 성적이라는 기준에 가두고 살았어. "넌 공부 못하니까 안 돼."라는 말을 듣지 않기 위해 버둥거렸고, 좋아하는 걸 찾을 여유도 없이 눈앞의 시험만 바라봤지. 그렇지만 내가 어떤 사람인지, 내가 무엇을 좋아하고 잘하는지를 스스로 찾아가는 일도 중요하다는 걸 알았으면 좋겠어.

그리고 마지막으로 너희에게 꼭 하고 싶은 말이 있어. 인생에는 정해진 정답이 없어. 누군가는 스물다섯 살에 직장에 들어가 안정적인 삶을 살기도 하고, 누군가는 서른 살이 넘어서 새로운 일을 시작하기도 하지. 내가 스물여덟 살에 다시 대학원에 들어가기로 했을 때, 나는 남들과 속도가 다를 뿐, 내가 나를 믿고 선택한 길이라는 게 중요하다고 생각했어.

그러니 너무 조급해하지 않아도 괜찮아. 누구보다 빨리 가는 것보다 나에게 맞는 방향으로 가는 게 더 중요해. 지금 당장 꿈이 없어도, 하고 싶은 일이 뭔지 모르겠어도 괜찮아. 중요한 건 멈추지 않는 거야. 하루하루 너 자신에게 솔직해지고, 작지만 단단한 한 걸음을 계속 내딛다 보면 너의 길이 어느새 눈앞에 펼쳐져 있을 거야.

그러니까 꼭 기억해 줬으면 좋겠어. 지금 너희의 속도가 느리다고, 남들보다 뒤처진다고 느껴지더라도 괜찮다고. 너희가 정말 원하는 방향으로 걷고 있는지 생각해 봐. 한 걸음씩, 너의 길을 만들면 되는 거야.

에필로그

깊고 조용한 도시, 유리로 둘러싸인 수족관 안에 하얗고 둥근 몸을 가진 벨루가가 살고 있었어. 아침이면 둥글게 돌고, 오후엔 하트를 그리고, 저녁이면 수면 위로 얼굴을 내밀며 웃었지. 사람들은 그 모습을 무척 좋아했어. "귀여워!" "정말 잘하네!" "천사야, 천사!"

벨루가를 칭찬하는 말이 유리창 너머로 쏟아졌어.

그런데 시간이 흐르면서 벨루가는 궁금했어.

'나는 왜 자꾸 웃고 있어야 할까?' '나는 왜 이곳에 갇혀 있을까?'

칭찬을 들을수록 벨루가는 점점 자신이 누구인지 헷갈

렸어. 똑같이 웃고 있는데 예전처럼 행복하지 않았지.

  벨루가가 살고 있는 수족관 밖에는 푸른 숲이 있었어.
벨루가는 유리창 너머로 숲을 바라보았지. 어느 날, 평소
처럼 숲을 바라보던 벨루가는 숲속은 어떤 곳일지 궁금
해졌어. 그리고 유리 안의 자신의 모습을 보며 가슴이 답
답하고 안쪽이 콕콕 찔리는 느낌이 들었어.

  어른 벨루가들은 다가와 말했어.

  "거긴 위험해."

  "물 밖은 숨 쉴 수 없단다."

  "우린 여기서 태어났고, 여기서 살아야 해."

  벨루가는 어른들의 말을 잘 들었지. 더 이상 숲을 궁금
해하지 않으려고 노력했어. 그들의 눈빛에는 걱정과 사
랑이 담겨 있지만, 어쩌면 오래전에 스스로 접어 버린 꿈
에 대한 아련함도 숨어 있었는지도 몰라. 감히 나서지 못
했던 자신들의 지나간 선택이, 어린 벨루가에게 되살아
나는 것 같았을지도 모르지.

  '내가 바라는 건 안 되는 걸까?'

'나만 이상한 생각을 하는 걸까?'

벨루가는 그 질문들을 조용히 삼키며, 수면 아래로 깊이 가라앉았어.

그러던 어느 수면 위로 달빛이 내려앉은 밤이었어. 훈련사가 깜빡 잊고 열어 둔 작은 문틈이 보였어. 무서웠지만, 지금 나가지 않으면 평생 이 유리 안에 갇혀 살아야 할지도 모른다는 생각이 들었지.

벨루가는 용기를 내서 조심스럽게 문밖으로 나갔어. 숲의 공기가 폐 깊숙이 들어왔어. 그 순간 놀라운 변화가 시작됐어. 지느러미는 천천히 날개처럼 바람을 가르고, 매끈한 몸은 부드럽고 말랑한 팔다리로 바뀌어 갔어.

처음 흙을 밟았을 땐 움찔했어. 까슬까슬한 질감, 푹신한 이끼, 발바닥에 전해지는 따끔한 돌멩이의 감촉. '사각' 하고 부서지는 나뭇잎 소리는 낯설면서도 아름다웠어. 숲은 조용하지만 살아 있고, 햇살은 말을 걸고, 바람은 팔을 스치며 지나갔어.

벨루가는 처음으로 '해야 할 일'이 아니라 '하고 싶은 일'을 해 봤어. 나뭇잎으로 악기를 만들어 노래하고, 돌멩이로 그림을 그리고, 햇살을 모아 종이에 시를 썼어. 누가 시킨 것도 아니고 잘했다고 칭찬해 주는 이도 없었지만, 마음은 수족관 안에 있을 때보다 편안했어.

어느 날, 아주 고요한 순간이 찾아왔어. 햇살이 나뭇잎 사이로 스며드는 사이, 바람이 귓가를 스쳤을 때였어. 그 순간 벨루가는 알게 됐어. 나만의 행복을 찾아야 한다는 걸 말이야. 그동안 벨루가는 잘 웃고 잘 돌고 잘 따르며 살아왔지만, 마음은 늘 비어 있었거든. 숲에 와서야 처음으로 자기 마음의 소리를 들을 수 있었어.

숲속의 여러 생명도 제각기 다른 리듬으로 살아가고 있었어. 어떤 이는 침묵으로 음악을 만들고, 어떤 이는 빛으로 그림을 그렸어. 누구도 서로를 닮으려 하지 않았고, 누구도 누군가보다 잘하려 하지 않았어. 각자의 방식으로 각자의 길을 걸어가고 있었지.

벨루가도 이제 그런 존재가 됐어. 물속에서만 웃던 과거를 뒤로하고, 흙냄새와 바람의 숨결 속에서 자기만의 노래를 부르며 숲길을 걸어가. 때로는 길을 잃기도 하고,

가끔은 되돌아가기도 해.

그래도 괜찮아. 그 길은 스스로 선택한 길이니까.

누군가는 물었어.

"벨루가는 물에서 태어났잖아. 그럼 결국은 물로 돌아가야 하는 거 아니야?"

하지만 이제 벨루가는 알아. 태어난 곳이 꼭 돌아가야 할 곳은 아니라는 걸. 처음 머문 장소가 삶의 전부가 될 필요는 없어. 어떤 존재가 되어 갈지는, 어디서 살아가느냐에 따라 달라질 수도 있거든.

그래서 오늘도 벨루가는 숲을 걷고 있어. 누가 만든 길이 아닌, 스스로 행복해서 걷는 길 위에서 익숙하지 않더라도 한 걸음씩 나아가는 중이야.

수족관 안에 갇힌 벨루가는 나만의 길을 찾지 못했던 우리였을지도 몰라. 주어진 대로, 시키는 대로, 누군가의 기대를 받거나 성적으로만 미래가 결정되던 예전의 우리 말이야. 하지만 벨루가가 어쩌면 위험할지도 모르는 숲

길을 선택한 것처럼 우리도 우리만의 행복을 찾아 새로운 길로 나아갔지. 가끔은 '이 길이 맞을까?' 하고 생각하게 되는 순간이 올지도 몰라. 정해 둔 길에서 벗어나는 일은 누구에게나 두렵고 외로운 일이니까.

우리 안에 있는 리듬과 방향, 용기를 믿어 보자. 정답은 없고 가야 할 길이 하나만 있는 것도 아니야. 내가 나의 행복을 찾아 만들어 가는 길. 그 앞에 무엇이 있을지 모르지만 지금 우리는 그 길 위에서 세상에서 가장 재미있는 이야기를 써 내려가고 있어.

어때? 너희도 너희만의 행복을 찾으러 떠나고 싶지 않니? 언제나 너희의 그 걸음을 응원할게.

1등은 행복할까?

ⓒ 김세진·손슬아, 2025

초판 1쇄 인쇄일 2025년 7월 10일
초판 1쇄 발행일 2025년 7월 17일

지은이   김세진 손슬아
펴낸이   정은영
편집   우소연 유지서 정사라
디자인   서은영
마케팅   최금순 이언영 연병선 송의정 김정윤
저작권   신은혜
제작   홍동근

펴낸곳   (주)자음과모음
출판등록 2001년 11월 28일 제2001-000259호
주소   (10881) 경기도 파주시 회동길 325-20
전화   편집부 02) 324-2347 경영지원부 02) 325-6047
팩스   편집부 02) 324-2348 경영지원부 02) 2648-1311
E-mail   jamoteen@jamobook.com

ISBN   978-89-544-5352-3 (43810)